パティシエ★すばる

# はじまりの いちごケーキ

つくもようこ／作《さく》　烏《からす》羽《ば》 雨《あめ》／絵《え》



講談社 青い鳥文庫

# もくじ

# お話《はなし》に出《で》てくる人《ひと》たち

## 星野《ほしの》　すばる

　三度《さんど》のごはんより、スイーツが大好《だいす》き！　カノン、渚《なぎさ》といっしょに、本当《ほんとう》のホンキで、パティシエをめざして修業中《しゅぎょうちゅう》。「小学生《しょうがくせい》トップ・オブ・ザ・パティシエ・コンテスト」で優勝《ゆうしょう》して、おじいさんの国《くに》、オーストリアにあるウィーンに行《い》きたいと思《おも》っている。

## 山本《やまもと》　渚《なぎさ》

　すばるの幼《おさな》なじみ。算数《さんすう》が得意《とくい》で、お菓子作《かしづく》りの材料《ざいりょう》の配合《はいごう》の計算《けいさん》はおまかせ！

## 村木《むらき》　カノン

　すばるの大親友《だいしんゆう》。ファッションセンスがばつぐん。デコレーションが得意《とくい》。

# 「パティシエ☆すばる」の

## マダム・クロエ

すばるたちの先生《せんせい》。とつぜん閉店《へいてん》してしまった超人《ちょうにん》気店《きてん》「銀《ぎん》座《ざ》プラネット」の伝説《でんせつ》のパティシエ。いまは、お客《きゃく》さまのオーダーに合《あ》わせてケーキを作《つく》るアトリエを開《ひら》いている。

## リョウ・コヤマ

パリにアトリエをかまえる有名《ゆうめい》ファッション・デザイナー。
すばるたちと出《で》会《あ》ったことで、記念日《きねんび》のケーキを注文《ちゅうもん》することに。

# はじまりのいちごケーキ

# 1　記念日《きねんび》のケーキ屋《や》さんのお仕事《しごと》

おはよう、すばるです☆

今日《きょう》は土曜日《どようび》で、時間《じかん》は朝《あさ》の七時《じ》ちょっとすぎ。すばらしい秋晴《あきば》れで、ホント気持《きも》ちいいの。なのに、スピカねぇと恒星《こうせい》にぃは、まだ寝《ね》ています。しょうがないなぁー。

秋《あき》っていいよね。わたし、大好《だいす》き。柿《かき》、サツマイモ、栗《くり》、かぼちゃ……おいしいモノがいっぱいだもの。

栗《くり》のクリームたっぷりのモンブラン、たまらないよね。大好《だいす》き。バターたっぷりのスイートポテトも好《す》き。それとかぼちゃのプリンも！

わたしは、おいしくて、キレイでかわいいスイーツが、大《だい》、大《だい》、だーい好《す》きなんだ。

あー、スイーツのことを考《かんが》えていたら、おなかがすいてきた。

♪朝《あさ》ごはん、あっさごはんー、大好《だいす》きなアレだったら、うれしいな♪

鼻歌《はなうた》を歌《うた》いながら、リビングダイニングのドアをあけた。

うわっ、いいにおい。卵《たまご》をまとったバケットが、バターで焼《や》けるにおいがするよ。これは、きっと、大好《だいす》きなアレだ！

「おはようございます。ねぇママ、今日《きょう》の朝《あさ》ごはん、フレンチトーストでしょう？」

わたしはテーブルについて、キッチンにいるママにきいた。

「おはよう、すばる。あいかわらず鼻《はな》がいいわね。さぁどうぞ。」

ママはそう言《い》いながら、お皿《さら》をわたしの前《まえ》においた。

焼《や》きたてホカホカだぁ。

ママのフレンチトーストは、バゲット（フランスパン）で作《つく》るんだよ。メープルシロップをたっぷりかけて「いただきまーす！」。

キツネ色《いろ》に焼《や》けたのをパクッ。バターの香《かお》りがフワッ、メープルシロップがジュワーッと口《くち》の中《なか》に広《ひろ》がった。やわらかいんだけど、かむとモチモチして……。

「おいしい！　朝《あさ》からしあわせー。」

三枚《まい》おかわりして、おなかいっぱい。さっ、出《で》かけるしたくをしよう。

どこへって？

もちろん『お菓子《かし》のアトリエ　マダム・クロエ』だよ。

毎週《まいしゅう》土曜日《どようび》、わたしは、親友《しんゆう》のカノンと、幼《おさな》なじみの渚《なぎさ》といっしょに、ケーキ作《づく》りを習《なら》っているんだ。

でね、でね、わたしたち、ケーキ作《づく》りを『習《なら》っている』だけじゃないの。

クロエ先生《せんせい》のお店《みせ》で、お手伝《てつだ》いをしているんだ。

村木《むらき》カノン、山本渚《やまもとなぎさ》、そして星野《ほしの》すばるは、本気《ほんき》のホンキでケーキ屋《や》さんで修業《しゅぎょう》している『パティシエ見習《みなら》い』なんです！

さぁ、もう行《い》かなくちゃ。カノンたちがまっている。

「ママ、いってきまーす。」

わたしは玄関《げんかん》を出《で》て、自転車《じてんしゃ》に飛《と》びのった。

まちあわせ場所《ばしょ》の皇子台公園《おうじだいこうえん》が見《み》えてきた。もう渚《なぎさ》が来《き》ているぞ。

「おはよー！　いつも早《はや》いね。」

わたしが声《こえ》をかけると――。

「おはよう。オレは時間《じかん》どおりに来《き》たの。すばる、遅刻《ちこく》だぞ。」

渚《なぎさ》が言《い》った。まだカノンだって来《き》てないじゃない。渚《なぎさ》って、ほんとキッチリしてるなぁ。

「すばるぅー、なぎさぁー！　いいもの見《み》つけた！　見《み》てみてー。」

遠《とお》くからカノンの声《こえ》がした。スゴイいきおいで自転車《じてんしゃ》をこいでるぞ。

わたしは「なになに!?」ってききたかったんだけど――。

渚《なぎさ》ったら興味《きょうみ》なさそうな顔《かお》をして、

「話《はなし》はあとな。マジで遅刻《ちこく》するぞ。」

そう言《い》うと、先《さき》に行《い》っちゃった。

こんなふうにわたしたち三人《にん》の性格《せいかく》はバラバラ。

だけど、『パティシエになりたい。』って熱《あつ》い気持《きも》ちはいっしょなの。

三人《にん》そろってケーキが大好《だいす》き。わたしたち、いっしょにお菓子屋《かしや》さんを開《ひら》くって約束《やくそく》しているんだよ！

「なぎさー、まってよー。」

わたしとカノンは、あわてて走《はし》りだした。県道《けんどう》を走《はし》って、藤森神社《ふじもりじんじゃ》の鳥居《とりい》が見《み》えたら、もうすぐだ。緑色《みどりいろ》の屋根《やね》の『お菓子《かし》のアトリエ　マダム・クロエ』に到着《とうちゃく》だよ。

カランカラン……。

「おはようございます。」

扉《とびら》についているベルを鳴《な》らして、中《なか》へ入《はい》った。

よくみがかれた木《き》の床《ゆか》に、複雑《ふくざつ》なもようのじゅうたんがしいてある。部屋《へや》の中央《ちゅうおう》に大《おお》きなテーブルと、イスが五脚《きゃく》。奥《おく》のかべ一面《いちめん》に作《つく》りつけの本棚《ほんだな》。左右《さゆう》ふたつの窓《まど》から、お日《ひ》さまの光《ひかり》がさしこんでる。まるで外国《がいこく》のお家《うち》のリビングみたい。

「何回来《なんかいき》ても、不思議《ふしぎ》なお店《みせ》。ケーキ屋《や》さんに見《み》えないよなぁ。」

渚《なぎさ》が青《あお》いエプロンをつけながら、つぶやいた。

「ケーキがたくさんならんだショーケース、クッキーやマドレーヌの箱《はこ》。ふつうケーキ屋《や》さんにあるものが、ここにはひとつもないもんね。」

カノンがピンクのエプロンを出《だ》しながら、ニッコリと笑《わら》った。

「だってここは、特別《とくべつ》なお店《みせ》、『記念日《きねんび》のケーキ屋《や》さん』だもん！」

わたしは、お部屋《へや》の中《なか》をグルッと見《み》まわして言《い》った。

『記念日《きねんび》のケーキ屋《や》さん』。ステキなひびきでしょ。

『お菓子《かし》のアトリエ　マダム・クロエ』は、お客《きゃく》さまの大切《たいせつ》な記念日《きねんび》のため、世界《せかい》でたったひとつのケーキを作《つく》るケーキ屋《や》さんなの。

「みなさん、おはようございます。」

白《しろ》いコックコートとコック帽《ぼう》、よく洗《あら》いこんだジーンズ姿《すがた》のクロエ先生《せんせい》が出《で》てきた。

クロエ先生《せんせい》は、最近《さいきん》わたしたちの住《す》むS市《エスし》にやってきたの。ママからきいたけど、東京《とうきょう》でとても人気《にんき》のケーキ屋《や》さんを開《ひら》いていたらしいんだけど――。

どうしてお店《みせ》を閉《し》めて、『お菓子《かし》のアトリエ』を開《ひら》いたの？

質問《しつもん》したけど、はっきりと教《おし》えてくれないんだ。ケーキのことは、なんでも教《おし》えてくれるのにね。不思議《ふしぎ》なクロエ先生《せんせい》。今日《きょう》のレッスンはなにかな？

「みなさん、今日《きょう》はレッスンのまえにお客《きゃく》さまがいらっしゃいます。お手伝《てつだ》いをお願《ねが》いしますね。」

クロエ先生《せんせい》が、キリッとした顔《かお》で言《い》った。なんと、『レッスン』のまえに、パティシエ見習《みなら》いの『お仕事《しごと》』だ。

「はいっ！」

わたしたちは、シャキッと返事《へんじ》をした。

「早《はや》く着《き》がえようぜ。」

渚《なぎさ》がエプロンをはずして言《い》った。

わたしは、本棚《ほんだな》の下《した》にある戸棚《とだな》から、チョコレート色《いろ》の上着《うわぎ》とベレー帽《ぼう》を出《だ》してふたりにわたした。これは、クロエ先生《せんせい》がわたしたちのために用意《ようい》してくれた、パティシエ見習《みなら》いのユニフォームなんだ。

身《み》だしなみをチェックし合《あ》って、荷物《にもつ》を戸棚《とだな》にしまった。

これで準備《じゅんび》オッケー。すると……。

——カランカラン。

お店《みせ》の扉《とびら》が開《ひら》いて、男《おとこ》の子《こ》をつれたお母《かあ》さんが入《はい》ってきた。

「いらっしゃいませ！」

三人《にん》でお客《きゃく》さまをおむかえした。

「まぁ、かわいい店員《てんいん》さん。わたし、ケーキを予約《よやく》した有島《ありしま》です。」

お客《きゃく》さまがニッコリして言《い》った。

「はい！　有島《ありしま》さま。おまちしておりました。」

わたしは、緊張《きんちょう》しながら大人《おとな》の言葉《ことば》をつかって答《こた》えた。

「ここにすわってまっててね。」

カノンが男《おとこ》の子《こ》に、やさしくイスをすすめた。

「パティシエが来《く》るまでおまちください。」

渚《なぎさ》がクロエ先生《せんせい》を呼《よ》びにキッチンへ入《はい》った。

「いらっしゃいませ、有島《ありしま》さま。」

クロエ先生《せんせい》がケーキの箱《はこ》を持《も》ってあらわれた。どんなケーキかな？

わたしたちは興味津々《きょうみしんしん》で、お客《きゃく》さまのうしろから、箱《はこ》の中《なか》をのぞいた。

箱《はこ》の中《なか》は、まるいホールケーキ、と思《おも》ってたら——。

「まぁ、ステキ！　五角形《ごかくけい》のケーキ。」

お客《きゃく》さまが楽《たの》しそうに言《い》った。

「はい、『五人家族《にんかぞく》はケーキカットがむずかしい。』と、おっしゃっていらしたので、こうしてみました。」

クロエ先生《せんせい》が答《こた》えた。

さすがクロエ先生《せんせい》！　まんなかから五角形《ごかくけい》の角《かど》をめざしてナイフを入《い》れれば、キッチリ均等《きんとう》に五個《こ》に切《き》れるもんね。

全体《ぜんたい》をつつむマロンクリーム、その上《うえ》にホイップクリームの飾《かざ》りしぼりと五個《こ》の大《おお》つぶの栗《くり》がのっている。

「ママ、栗《くり》の半分《はんぶん》に、チョコレートがついてるね！」

おいしそうな栗《くり》のケーキに、男《おとこ》の子《こ》もうれしそうだ。

「だけど、『おじいちゃん、おばあちゃん　結婚記念日《けっこんきねんび》おめでとう』の飾《かざ》りがない！」

男《おとこ》の子《こ》のほっぺたがプクッとふくらんだ。

「この中《なか》にあります。パーティーがはじまるまえに、キミがのせてね。」

クロエ先生《せんせい》が、男《おとこ》の子《こ》に小《ちい》さな箱《はこ》をわたした。

「わぁ、ケーキ屋《や》さん、ありがとう！」

箱《はこ》をのぞいた男《おとこ》の子《こ》が、キラキラの瞳《ひとみ》でクロエ先生《せんせい》を見《み》つめてる。

うれしそうな顔《かお》を見《み》ていたら、胸《むね》がジーンとしてきた。

ケーキ屋《や》さんって、ほんとうにステキなお仕事《しごと》だ。パティシエ修業《しゅぎょう》をがんばって、みんなを笑顔《えがお》にするケーキ屋《や》さんに、絶対《ぜったい》なるぞ！

# 2 「味《あじ》の組《く》み立《た》て」の勉強《べんきょう》スタート！

「ありがとうございました。」

みんなでお客《きゃく》さまをお見送《みおく》りした。いよいよお菓子作《かしづく》りのレッスンの時間《じかん》だぞ。

「では、準備《じゅんび》してください。」

クロエ先生《せんせい》が言《い》った。

「はいっ！」

わたしたちは、お店《みせ》のユニフォームからエプロンに着《き》がえた。

キッチンに入《はい》り、手《て》を洗《あら》ったら、クシャミが出《で》そうになった。

クロエ先生《せんせい》のキッチンは、ヒンヤリとしているから、いつも鼻《はな》がムズムズしちゃうんだ。

お菓子作《かしづく》りに高温多湿《こうおんたしつ》は大敵《たいてき》。クロエ先生《せんせい》は、こまめにクーラーをかけて、キッチンの室温《しつおん》を二十度《ど》、湿度《しつど》を六十パーセント前後《ぜんご》に調節《ちょうせつ》しているんだ。

では、わたしたちが修業《しゅぎょう》しているキッチンの中《なか》へ案内《あんない》するね。

入《い》り口正面《ぐちじょうめん》に大《おお》きな電気《でんき》オーブン、そのとなりにガスコンロがある。左《ひだり》のかべぎわに、ボウルやなべがならんだ棚《たな》と、冷蔵庫《れいぞうこ》と、生地《きじ》をこねる大《おお》きな機械《きかい》もあるよ。

そしてまんなかに、ケーキを作《つく》るステンレスの作業台《さぎょうだい》があるんだ。

全部銀色《ぜんぶぎんいろ》で、ひと言《こと》で言《い》うと『シンプル』って感《かん》じ。わたしね、はじめてお店《みせ》のキッチンに入《はい》ったとき、がっかりしちゃったの。

カワイイ色《いろ》がひとつもないし、なんのにおいもしないんだもん。ケーキ屋《や》さんのキッチンは、いつもチョコレートやバニラの香《かお》りでいっぱい、夢《ゆめ》の場所《ばしょ》って思《おも》ってたからね。

でも、ほんとうはちがう。ケーキを作《つく》りおわったら、次《つぎ》のケーキのために、キッチンをキレイにかたづけるんだ。

材料《ざいりょう》、道具《どうぐ》はもちろん、空気《くうき》もね。パティシエのやるべきことの基本《きほん》なんだよ。

「みなさん、今日《きょう》の授業《じゅぎょう》は……。」

クロエ先生《せんせい》が話《はな》しはじめた。

「『味《あじ》の組《く》み立《た》て』の勉強《べんきょう》です。」

それだけ言《い》うと、だまって作業台《さぎょうだい》の上《うえ》に材料《ざいりょう》をならべはじめた。

卵《たまご》の黄身《きみ》、グラニュー糖《とう》、牛乳《ぎゅうにゅう》、生《なま》クリーム、薄力粉《はくりきこ》。

「この材料《ざいりょう》で作《つく》るってことだな。」

渚《なぎさ》はそう言《い》って、腕組《うでぐ》みをして考《かんが》えはじめた。

「わかった！　スポンジケーキだ。」

渚《なぎさ》が言《い》った。

「残念《ざんねん》、ちがいます。スポンジケーキなら、バターが必要《ひつよう》でしょ？」

クロエ先生《せんせい》が答《こた》えた。

「うーん、ヒントください。」

カノンが言《い》った。

「はい。この中《なか》でいちばん多《おお》く使《つか》うものは、牛乳《ぎゅうにゅう》です。」

と、クロエ先生《せんせい》。もしかしたら……。

わたしはピピッとひらめいた。

「カスタードクリーム！」

元気《げんき》よく答《こた》えた。すると、クロエ先生《せんせい》がニッコリして——。

「正解《せいかい》です。『味《あじ》の組《く》み立《た》て』の勉強《べんきょう》は、カスタードクリーム作《づく》りからはじめましょう。」

クロエ先生《せんせい》はそう言《い》うと、ホワイトボードに、サラサラと材料《ざいりょう》の分量《ぶんりょう》を書《か》きだした。

「計量《けいりょう》は、オレにまかせろ。」

算数《さんすう》と理科《りか》が得意《とくい》な渚《なぎさ》が、はかりを出《だ》して、材料《ざいりょう》をはかりはじめた。

お菓子作《かしづく》り成功《せいこう》のカギは、材料《ざいりょう》を正確《せいかく》に計量《けいりょう》すること。キッチリした渚《なぎさ》の得意《とくい》な仕事《しごと》なんだよ。テキパキと手《て》を動《うご》かして——。

「うん、かんぺきだ！」

渚《なぎさ》が、自信《じしん》たっぷりにうなずいた。

カノンが卵《たまご》の黄身《きみ》、グラニュー糖《とう》、薄力粉《はくりきこ》をボウルに入《い》れてホイッパーですり混《ま》ぜはじめた。

「牛乳《ぎゅうにゅう》を温《あたた》めましょう。」

クロエ先生《せんせい》が指示《しじ》を出《だ》す。わたしは牛乳《ぎゅうにゅう》をなべにうつし、火《ひ》にかける。

「沸騰《ふっとう》させてはいけませんよ。表面《ひょうめん》に膜《まく》がはると、牛乳《ぎゅうにゅう》が二十cc《シーシー》ほどへってしまいますから。」

クロエ先生《せんせい》が注意《ちゅうい》した。

「へったら大変《たいへん》だ。正確《せいかく》に計量《けいりょう》したんだからな。すばる、プクプク泡立《あわだ》ってきたぞ。気《き》をつけて！」

渚《なぎさ》がなべの中《なか》をのぞきこんで言《い》った。と、泡《あわ》がみるみる大《おお》きくなって、わたしはあわてて火《ひ》を止《と》めた。

ふーっ、あぶなかったぁ。

「次《つぎ》は卵黄《らんおう》、グラニュー糖《とう》、薄力粉《はくりきこ》を混《ま》ぜたボウルに、牛乳《ぎゅうにゅう》を入《い》れ、よく混《ま》ぜます。」

「はいっ！」

わたしは返事《へんじ》をして、温《あたた》めた牛乳《ぎゅうにゅう》を、卵液《たまごえき》の中《なか》へくわえた——。

そのとき、やさしいバニラの香《かお》りがフワッと広《ひろ》がった。

「なんて、いい香《かお》り……。」

バニラを入《い》れていないのに、バニラが香《かお》ってるんだよ。

じつはね、『バニラシュガー』を使《つか》っているからなの。

作《つく》り方《かた》は簡単《かんたん》。ビンの中《なか》に、グラニュー糖《とう》とバニラビーンズを入《い》れておくだけ。お砂糖《さとう》にバニラの香《かお》りがうつって、グラニュー糖《とう》を使《つか》うたびに、いい香《かお》りがするんだ。

牛乳《ぎゅうにゅう》に直接《ちょくせつ》バニラビーンズを入《い》れることもあるけど、クロエ先生《せんせい》はバニラシュガーを使《つか》うの。香《かお》りがやさしいからね。

「この液体《えきたい》をこして火《ひ》にかけると、カスタードクリームができます。火加減《ひかげん》は中火《ちゅうび》です。」

クロエ先生《せんせい》が言《い》った。

カノンがシノワという目《め》の細《こま》かいザルのようなこし器《き》で、こしながらなべにもどした。

わたしはカチッとコンロの火《ひ》をつけ、ホイッパーを動《うご》かしはじめた。

シャカシャカシャカ……。

しばらくすると、なべの中《なか》が、少《すこ》しもったりとしてきて、カスタードクリームっぽくなってきた。

「プクプクと泡《あわ》ができてきたよ。」

カノンがなべをのぞいて言《い》った。

「うん、どんどんかたまっていくね。」

わたしは、ホイッパーを動《うご》かしながら答《こた》えた。休《やす》みなくかきまぜつづけていると、手首《てくび》がつかれて、動《うご》きがおそくなってきた。

「すばる、そのスピードじゃなべ底《ぞこ》がこげちゃうぞ……。」

渚《なぎさ》がなべをのぞきこんで、心配《しんぱい》そうな声《こえ》を出《だ》した。

「火加減《ひかげん》を弱《よわ》めるね！」

カノンがそう言《い》って、コンロのつまみに手《て》をかけた、そのとき……。

「村木《むらき》さん、いけません。」

クロエ先生《せんせい》のきびしい声《こえ》がとんだ。

「えっ!?」

カノンがおどろいて、コンロのつまみから手《て》をはなした。

なべの中《なか》のカスタードクリームは、ポコッポコッとさっきよりも大《おお》きな泡《あわ》を作《つく》りはじめた。

「だけどクロエ先生《せんせい》、このままじゃおなべの底《そこ》がこげちゃいます!」

わたしは、思《おも》わず大声《おおごえ》を出《だ》した。

「だいじょうぶです。ホイッパーを止《と》めないで。」

クロエ先生《せんせい》がキッパリと言《い》った。

わたしは、わけがわからない。

シャカシャカシャカ……。

必死《ひっし》で手《て》を動《うご》かしながら、思《おも》った。ほんとうにだいじょうぶなの?

「あわてないで。カスタードクリームは煮《に》て作《つく》るクリームです。」

なべの中《なか》をのぞきながら、クロエ先生《せんせい》がゆっくりと言《い》った。

でも、こげてしまったら、だいなしじゃない。わたしは気《き》が気《き》でない。

「クロエ先生《せんせい》、〝煮《に》る〟なら弱火《よわび》で煮《に》てもいいでしょう？」

渚《なぎさ》が心配《しんぱい》そうな声《こえ》できいた。

「弱火《よわび》にすると、時間《じかん》がかかります。すると、水分《すいぶん》がぬけすぎて、ノリのようになってしまうのよ。こげないようにするには、ホイッパーを止《と》めなければいいんです。」

きびしい言《い》い方《かた》に、ドキッとした。

ノリって、図工《ずこう》で使《つか》うあのノリ？

わたしはベタッ、ネバッとしたカスタードクリームを思《おも》いうかべた。

カスタードクリームは、プルプルでツヤツヤでないと！

わたしはホイッパーをギュッとにぎりなおした。でも、手首《てくび》がつかれて、もう限界《げんかい》だよ。すると——。

「すばる、かわるよ。」

渚《なぎさ》が、スッと手《て》を出《だ》して言《い》った。

「ありがとう！」

わたしはリレーのバトンをわたすように、サッとホイッパーを、渚《なぎさ》にわたした。

「まかせろ！」

――カシャカシャカシャ……。力強《ちからづよ》い音《おと》がひびきだした。

カスタード液《えき》は、どんどんツヤが出《で》て、ますますモッタリしてきた。

「いい状態《じょうたい》です。ここから一分《ぷん》です。山本《やまもと》くん、右手《みぎて》でホイッパーを動《うご》かしながら、左手《ひだりて》で、なべも動《うご》かして！」

――ガシャガシャガシャ。

さっきより大《おお》きな音《おと》がキッチンじゅうにひびいている。そして……。

「はい、いいでしょう。」

クロエ先生《せんせい》が、ようやくコンロの火《ひ》を止《と》めた。ふーっ、よかったぁ。

「村木《むらき》さん、星野《ほしの》さん、カスタードクリームをこしましょう。」

クロエ先生《せんせい》の指示《しじ》がとぶ。

わたしとカノンで、目《め》のあらいこし器《き》で、ていねいにこした。

「すっかりなめらかになったね。」

ホワホワと湯気《ゆげ》のあがるカスタードクリームを、うっとりと見《み》つめた。

「さぁ、一気《いっき》に冷《ひ》やしますよ。」

今度《こんど》は氷《こおり》の入《はい》った大《おお》きなボウルを出《だ》した。カスタードクリームのボウルを氷《こおり》にあて、ヘラでかきまぜると、みるみるカスタードが冷《ひ》えていく。今度《こんど》こそ、完成《かんせい》？　と思《おも》ったら……。

クロエ先生《せんせい》がホイップしたクリームを出《だ》した。

「口《くち》あたりを軽《かる》くするために、今回《こんかい》はこれをくわえます。」

ゴムべらでサックリ混《ま》ぜて、ようやくクロエ先生《せんせい》がニッコリした。

「カスタードクリームのできあがりです。味《あじ》をたしかめてください。」

そう言《い》ってスプーンを出《だ》した。

「いただきまーすっ！」

三人《にん》そろって、パクッ！

「うーっ、なんておいしいんだ！」

コクがあるのに、軽《かる》い。トゥルントゥルンの舌《した》ざわりだ。

「大変《たいへん》だったけど、手《て》をかけて作《つく》ると、こんなにおいしくなるのね。」

わたしはカスタードクリームを見《み》つめて言《い》った。

「火《ひ》を弱《よわ》めないでしっかりと煮《に》たことで、小麦粉《こむぎこ》の粉《こな》っぽさが消《き》え、なめらかに仕《し》上《あ》がったんです。この味《あじ》をわすれないでね。」

クロエ先生《せんせい》が、やさしくほほえみながら言《い》った。

## 3　ホイップクリームは手《て》ごわいぞ

おいしいカスタードクリームができあがって、わたしたちはやる気満々《きまんまん》！

「次《つぎ》はなにを作《つく》るんですか？」

わたしはクロエ先生《せんせい》にきいた。

「みなさん、次《つぎ》は大切《たいせつ》な勉強《べんきょう》です。よく見《み》てください。」

そう言《い》うと、いつになく真剣《しんけん》な顔《かお》で、作業台《さぎょうだい》に生《なま》クリームの箱《はこ》とグラニュー糖《とう》をならべた。

「なんだ、ホイップクリームを作《つく》るのか……。簡単《かんたん》じゃない、ねぇ。」

わたしは、ホッとして言《い》った。

「はい、ホイップクリームの勉強《べんきょう》です。だけど――。」

クロエ先生《せんせい》が、クリームの箱《はこ》を、もうひとつ出《だ》した。そして、またひとつ、さらに、またひとつ……。

「ええっ、ちょっとまって⁉」

カノンがおどろいてる。

わたしもビックリ。だってね、作業台《さぎょうだい》の上《うえ》に、クリームの箱《はこ》が、ひとつ、ふたつ、三つ……全部《ぜんぶ》で六つ⁉

「どういうことなの？」

わたしは渚《なぎさ》とカノンを見《み》た。

「わからないよ。こんなにクリームを使《つか》う勉《べん》強《きょう》って、なに？」

渚《なぎさ》が腕組《うでぐ》みして言《い》った。

「ってかさ、これ全部《ぜんぶ》ホイップするの？　手《て》首《くび》がこわれちゃう……。」

カノンがため息《いき》をついた。

わたしたちは、心配《しんぱい》になってきた。

「みなさん、これはなんでしょう？」

クロエ先生《せんせい》が六つの箱《はこ》を全部《ぜんぶ》あけてきいた。三人《にん》で箱《はこ》の中《なか》をのぞいて、顔《かお》を見合《みあ》わせた。

「少《すこ》し色《いろ》のちがいはあるけど、どれも同《おな》じ白《しろ》いクリームです。」

わたしが言《い》うと——。

「同《おな》じものは、ひとつもありません。」

クロエ先生《せんせい》が、キッパリと言《い》った。

「そんなこと……。全部同《ぜんぶおな》じよ。」

カノンが、こまった顔《かお》をしてる。

わたしはもう一度《いちど》、六つの箱《はこ》を見《み》くらべてみた。箱《はこ》の大《おお》きさとデザインはちがうけど、中身《なかみ》は同《おな》じにしか見《み》えないよ。

「あっ、ここがちがう！」

わたしは、箱《はこ》の裏《うら》の小《ちい》さな文字《もじ》を指《ゆび》さした。六個《こ》とも、書《か》いてあることが微妙《びみょう》にちがうぞ。

「よく気《き》がつきましたね。一見《いっけん》どれも同《おな》じ白《しろ》い液体《えきたい》で、使《つか》い道《みち》も同《おな》じ。だけど、ちがうものなのよ。」

クロエ先生《せんせい》がわたしたちに話《はな》しはじめた。

「これらはみんな『クリーム』というけれど、じつは、そう名称表示《めいしょうひょうじ》されているのは、この三つだけ。」

クロエ先生《せんせい》が、箱《はこ》をわけた。

「ホントだ。残《のこ》りの三つは『乳等《にゅうとう》を主要原料《しゅようげんりょう》とする食品《しょくひん》』って書《か》いてあるよ。」

渚《なぎさ》が表示《ひょうじ》を読《よ》みはじめた。

「ひとつずつ見《み》ていこうぜ。えっと、これは『純乳脂《じゅんにゅうし》タイプ……クリームホイップ』って書《か》いてある。」

「こっちは、『乳脂肪《にゅうしぼう》、植物性脂肪《しょくぶつせいしぼう》……ハイホイップ』だって。」

カノンが言《い》った。

わたしは最後《さいご》の箱《はこ》を手《て》にとった。『純植物性脂肪乳《じゅんしょくぶつせいしぼうにゅう》、ホイップ』と書《か》いてある。

何度《なんど》もホイップクリームを作《つく》ったり、食《た》べたりしてきた。こんなに種類《しゅるい》があるなんて、気《き》がつかなかった。

『どれも同《おな》じ白《しろ》いクリーム。』そう言《い》った自分《じぶん》がはずかしい。同《おな》じに見《み》えて、ちがうんだ。

「カノン、渚《なぎさ》、パティシエ見習《みなら》いとして、しっかり勉強《べんきょう》しよう。」

わたしはふたりに言《い》った。

「ホイップクリームについて学《まな》ぶことは、とても大切《たいせつ》です。むずかしいけど、がんばってくださいね。」

クロエ先生《せんせい》が言《い》った。

「原材料《げんざいりょう》が乳脂肪分《にゅうしぼうぶん》十八パーセント以上《いじょう》のものだけが『クリーム』と名称表示《めいしょうひょうじ》されます。脂肪分《しぼうぶん》が多《おお》いものから少《すく》ないものまで、種類《しゅるい》は豊富《ほうふ》です。」

説明《せつめい》がはじまった。しっかりきいてないと、わからなくなりそうだ。

「えっと……『乳脂肪分《にゅうしぼうぶん》』ね。三十五パーセント、三十八パーセント、四十二パーセント。ホント、全部《ぜんぶ》ちがうわ。」

カノンが箱《はこ》を見《み》て言《い》った。

「クロエ先生《せんせい》は、ケーキのデコレーションに、どのクリームを使《つか》うの？」

渚《なぎさ》がきいた。

「注文《ちゅうもん》に合《あ》わせて使《つか》いわけます。三十八～四十二パーセントかしら。一般的《いっぱんてき》に、乳脂肪分《にゅうしぼうぶん》が多《おお》いほど、『コク』と『香《かお》り』が高《たか》いとおぼえていてください。」

なるほど！　濃厚《のうこう》な味《あじ》のホイップクリームがほしかったら、乳脂肪分《にゅうしぼうぶん》の多《おお》いものを選《えら》べばいいんだ。

「じゃあ、乳脂肪分《にゅうしぼうぶん》が少《すく》ないクリームは、なにに使《つか》うんですか？」

わたしはクロエ先生《せんせい》に質問《しつもん》した。

「ババロアやムースに使《つか》います。フワフワと軽《かる》いスイーツは、少《すく》ない乳脂肪分《にゅうしぼうぶん》のクリームがいいのよ。」

六つの箱《はこ》の中身《なかみ》のちがいが、だんだんわかってきた。

「次《つぎ》に、『クリーム』と表示《ひょうじ》していないものについて、話《はな》しますね。」

そう言《い》って、ひとつの箱《はこ》をとった。

「この『クリームホイップ』は、ホイップしたあと、ダレにくく、形成《けいせい》しやすいようクリームを加工《かこう》した製品《せいひん》です。」

クロエ先生《せんせい》が説明《せつめい》した。

「つまり、飾《かざ》りしぼりがキレイに仕上《しあ》がるってことですか？」

カノンの言葉《ことば》に、クロエ先生《せんせい》はニッコリとうなずいた。

「植物性脂肪《しょくぶつせいしぼう》百パーセントのホイップも作業《さぎょう》しやすいです。そして口《くち》あたりは『コク』があるというより、『サラリ』としているわね。」

クロエ先生《せんせい》が熱心《ねっしん》に話《はな》している。

「ということは、原材料《げんざいりょう》が乳脂肪《にゅうしぼう》と植物性脂肪《しょくぶつせいしぼう》の『ハイホイップ』は、ふたつの特徴《とくちょう》を持《も》っているのかな？」

渚《なぎさ》がはりきって言《い》った。

「そのとおりです。『コク』があるのに口《くち》どけがいいの。ホイップの仕上《しあ》がりがよく、あつかいやすいです。」

なぜクリームの種類《しゅるい》がたくさんあるのか不思議《ふしぎ》だったけど、説明《せつめい》をきいてわかってきた。

「クロエ先生《せんせい》は、『コク』と『サラリ』を、お客《きゃく》さまの味《あじ》の好《この》みに合《あ》わせて使《つか》いわけているんですね。」

わたしは感動《かんどう》して言《い》った。

「そうです。でもね、使《つか》いわけは、味《あじ》の好《この》みだけではありません。ケーキを食《た》べる季節《きせつ》や場所《ばしょ》、ケーキを作《つく》ってから食《た》べるまでの時間《じかん》も考《かんが》えて使《つか》いわけています。」

クロエ先生《せんせい》がキリッと答《こた》えた。

「パーティー会場《かいじょう》で出《だ》すケーキか、おうちで楽《たの》しむケーキかで、クリーム類《るい》を使《つか》いわけているなんて知《し》らなかったわ。」

カノンが感心《かんしん》している。

わたしは、その言葉《ことば》をききながら思《おも》った。

お菓子《かし》の『作《つく》り方《かた》』を勉強《べんきょう》するだけでは、一人前《いちにんまえ》のパティシエとはいえない。材料《ざいりょう》の知《ち》識《しき》がなければ、お客《きゃく》さまをほんとうの笑顔《えがお》にすることは、できないんだ。

六種類《しゅるい》のクリームの箱《はこ》から、とても大事《だいじ》なことを学《まな》んだ。

# 4 勉強《べんきょう》のまとめが『つまらないもの』作《づく》りって!?

「さぁ、いよいよお菓子《かし》作《づく》りです。」

クロエ先生《せんせい》はそう言《い》って、ホワイトボードに文字《もじ》を書《か》いた。

『トライフル』

「とらいふる……なんだろう？」

わたしは、カノンを見《み》た。

「わからないよ。渚《なぎさ》、知《し》ってる？」

「オレも知《し》らない。」

渚《なぎさ》が首《くび》をふった。トライフルって、どんなケーキだろう。

「これは、ケーキと言《い》うより、デザートね。トライフルは英語《えいご》です。日本語《にほんご》に訳《やく》すと『つまらないもの』という意味《いみ》なの。おもしろいでしょ？」

クロエ先生《せんせい》は楽《たの》しそうに話《はな》している。だけど——。

「『つまらないもの』って……。」

思《おも》わず、ため息《いき》が出《で》た。

だってね、がんばってカスタードクリーム作《つく》って、ホイップするクリームの勉強《べんきょう》したのに、『つまらないもの』を作《つく》るなんて、ヒドイよ。

わたしは、がっかりして、かなしくなってきた。カノンも渚《なぎさ》も、つまらなそうに下《した》を見《み》ている。

「みなさん、そんな『つまらない。』って顔《かお》をしないでください。トライフルは『味《あじ》の組《く》み立《た》て』の勉強《べんきょう》にピッタリなんですよ。」

クロエ先生《せんせい》は、ニコニコ顔《がお》で言《い》うと、材料《ざいりょう》をならべはじめた。

カスタードクリーム、スポンジケーキ、ブルーベリーやラズベリーのフルーツソースが入《はい》ったビン。それから果物《くだもの》。ラズベリー、ブドウ、柿《かき》、梨《なし》、キウイ、リンゴ……。たくさんあるね。

そしてホイップクリームを作《つく》る六個《こ》の箱《はこ》——。

「材料《ざいりょう》は、ふつうにおいしそう。」

渚《なぎさ》がホッとしている。

「トライフルの作《つく》り方《かた》は、簡単《かんたん》です。ガラスの器《うつわ》にスポンジケーキ、クリーム、フルーツソース、フルーツを好《す》きなように〝重《かさ》ねる〟だけ。」

クロエ先生《せんせい》が、説明《せつめい》しながら、戸棚《とだな》からガラスの器《うつわ》をとりだした。

「好《す》きなように――。」

「重《かさ》ねるだけ!?」

「なんだよ、楽《たの》しそうじゃん！」

わたしたちは、顔《かお》を見合《みあ》わせてニッコリした。

「みなさん、トライフルはイギリスのパーティーでかかせないお菓子《かし》です。『お客《きゃく》さまのパーティーでトライフルを作《つく》る。』と考《かんが》えて、とりくんでみましょうね。」

クロエ先生《せんせい》が言《い》った。

「ねぇ、だれがいちばんステキなトライフルを作《つく》るか、競争《きょうそう》しない？」

カノンがニカッと笑《わら》った。

「よーし、負《ま》けないぞ。」

渚《なぎさ》が真剣《しんけん》な顔《かお》で言《い》った。

「わたしだって！」

材料《ざいりょう》を見《み》つめながら、力強《ちからづよ》く宣言《せんげん》した。

よーく考《かんが》えて、大好《だいす》きな秋《あき》の果物《くだもの》のトライフルを作《つく》ることにした。みずみずしい季節《きせつ》の果物《くだもの》には、どんなクリームが合《あ》うかな？

コク？　サラリ？

ひとつひとつ手《て》にとり、クンクンと、においをかいだ。

そして、ひとつのクリームに胸《むね》がキュンッとした。

「ほのかに甘《あま》い。なんてやさしい香《かお》りなんだろう。」

わたしが選《えら》んだフルーツは、ブドウ、柿《かき》、梨《なし》。酸味《さんみ》は少《すく》なく、さわやかな甘《あま》さがある。

きっと、このクリームと相性《あいしょう》がいいはず。

目《め》をとじて、できあがりを想像《そうぞう》してみた。

（うん、これだ。）

わたしは、こころを決《き》めて、クリームの箱《はこ》をひとつとった。さぁ、作《つく》るぞ！

クリームをボウルへ入《い》れ、グラニュー糖《とう》をくわえる。

そしてひとまわり大《おお》きなボウルに氷《こおり》を入《い》れ、クリームを入《い》れたボウルを重《かさ》ねた。

クリームは、冷《ひ》やしながらホイップするんだよ。

（めんどうだなぁ。）なんて思《おも》って、冷《ひ》やさなかったら、後悔《こうかい》するよ。ボソボソして舌《した》ざわりが悪《わる》い、残念《ざんねん》なできあがりになるんだ。

右手《みぎて》でホイッパーを軽《かる》く持《も》ち、左手《ひだりて》でクリームの入《はい》ったボウルを少《すこ》しかたむける。

カシャカシャカシャ……。

リズミカルな音《おと》をたてて、わたしはホイップをはじめた。

「星野《ほしの》さん、手首《てくび》だけを使《つか》ってまわしていると、つかれますよ。ひじから動《うご》かすようにしましょう。」

クロエ先生《せんせい》が、わたしのひじに手《て》をあてて注意《ちゅうい》をした。

「はいっ!」

ホイッパーの使《つか》い方《かた》って、簡単《かんたん》そうだけど、じつはむずかしいんだ。カスタードクリームを作《つく》るとき、ホイップするとき、持《も》ち方《かた》や動《うご》かし方《かた》がそれぞれちがうんだよ。

空気《くうき》をだきこむように、軽《かる》く、軽《かる》く……。よしっ、フワフワに泡立《あわだ》って、ホイップが完《かん》成《せい》した。次《つぎ》はフルーツだ。

柿《かき》と梨《なし》の皮《かわ》をむき、四角《しかく》にカット、ブドウはグリーンとむらさきの二種類《しゅるい》、皮《かわ》のままふたつに切《き》った。

準備完了《じゅんびかんりょう》! さあ、重《かさ》ねよう。

クロエ先生《せんせい》が用意《ようい》したガラスの器《うつわ》は、いろんな種類《しゅるい》がある。大《おお》きいコンポート皿《ざら》、パフェの入《い》れ物《もの》、一人用《ひとりよう》のゼリーやプリンを入《い》れるカップ……。わたしは考《かんが》えて、カップを選《えら》んだ。

カップを四つならべて、はじめにスポンジケーキを底《そこ》にしいた。そこへブルーベリーソースをかけて、カスタードクリームをたっぷりのせた。そしてカットした柿《かき》と梨《なし》をならべ、その上《うえ》にスポンジケーキ、ブルーベリーソース、カスタードクリームを重《かさ》ねた。

さぁ、次《つぎ》はホイップクリームだ。

しぼり袋《ぶくろ》に直径《ちょっけい》一センチの丸型口金《まるがたくちがね》をセットして、ホイップクリームを入《い》れた。カスタードの上《うえ》に、グルグルグルと三重《じゅう》にしぼった。

仕上《しあ》げは、彩《いろど》りを考《かんが》えて、柿《かき》と梨《なし》、二色《しょく》のブドウを飾《かざ》った。

まっ白《しろ》いクリームの上《うえ》に、オレンジ、白《しろ》、グリーン、むらさき。うーん、キレイ！　秋《あき》らしいトライフルが四つできあがったよ。

「星野《ほしの》さん、できあがりましたね。」

クロエ先生《せんせい》の声《こえ》がした。

「は、はい！」

わたしはあわてて顔《かお》を上《あ》げた。見《み》ると、カノンと渚《なぎさ》のトライフルもできあがっている。

わたし、みんなの気配《けはい》も感《かん》じないくらい集中《しゅうちゅう》していたんだ……。

「すばる、秋《あき》らしいトライフルね。」

「渚《なぎさ》のは、フルーツ山盛《やまも》りだ。」

「カノン、すごくキレイな飾《かざ》りしぼりじゃない!?」

みんないろいろ、個性《こせい》いっぱい。

「では、みんなで試食《ししょく》をしましょう。」

クロエ先生《せんせい》が言《い》った。

パティシエにとって『試食《ししょく》』は、とても大事《だいじ》なことなんだ。みんな真剣《しんけん》に食《た》べて感想《かんそう》を言《い》うから、テストを受《う》けるみたいで緊張《きんちょう》するの。

わたしのトライフルは、考《かんが》えたとおりの味《あじ》に組《く》み立《た》てられたかな？

お店《みせ》へ移動《いどう》して、トライフルの試食会《ししょくかい》がはじまった。

いちばんは、カノンだ。緊張《きんちょう》した顔《かお》で、トライフルをテーブルにおいた。

「えーっと、これは、わたしの大好《だいす》きなお洋服《ようふく》ブランド『チャオ』の新作《しんさく》コレクションのショーが大成功《だいせいこう》したお祝《いわ》いのパーティーの注文《ちゅうもん》がきたつもりで作《つく》ったトライフルです！」

〝オシャレ命《いのち》！〟のカノンがウキウキして説明《せつめい》している。だけど――。

「なんのことか、わからないよ。」

わたしはカノンを見《み》た。

「村木《むらき》、説明《せつめい》は短《みじか》く、わかりやすく。」

渚《なぎさ》があきれた声《こえ》を出《だ》した。

「つまり……モデルとか、デザイナーさんが集《あつ》まるオシャレなパーティーのためのトライフルです！」

カノンが、にこっと笑《わら》った。

カノンの得意《とくい》なデコレーションがしやすいよう、大《おお》きなコンポート型《がた》を使《つか》ったトライフルだ。ていねいにしぼった、豪華《ごうか》な飾《かざ》りしぼりが白《しろ》いフリルみたいに見《み》える。

「フルーツは、ラズベリーだけ。赤《あか》と白《しろ》のバランスがいいですね。」

クロエ先生《せんせい》がほめている。

カノンにとりわけてもらって――。

「いただきます！」

「んーっ、たっぷりのクリームとラズベリー、それにカスタードが合《あ》う！」

わたしは、カノンに言《い》った。

「このクリーム、口《くち》いっぱいほおばったけど、サーッと消《き》えていく……。」

渚《なぎさ》が考《かんが》えながら食《た》べている。

「飾《かざ》りしぼりの仕《し》上《あ》がりを美《うつく》しくしたいから、コクの『クリーム』ではなくサラリとした口《くち》あたりで形《かたち》づくりやすい『クリームホイップ』を使《つか》ったの。キレイでしょ。」

カノンはみんなにほめられて、うれしそうに食《た》べはじめた。

「村木《むらき》、軽《かる》い口《くち》あたりだけど、こんなにホイップクリームばかりじゃ、あきてくるな。」

渚《なぎさ》が、つぶやいた。

「そうですね。デザインにこりすぎて、味《あじ》のバランスがあとまわしになったようですね。」

クロエ先生《せんせい》の言葉《ことば》に、カノンはシュンと下《した》を向《む》いた。

「では次《つぎ》に、山本《やまもと》くんのトライフルをいただきましょう。」

渚《なぎさ》が緊張《きんちょう》した顔《かお》で、パフェの器《うつわ》に入《はい》ったトライフルを出《だ》した。

スプーンですくって、パクッ！

「うん、このクリーム、すごくコクがある。バナナの甘《あま》みとキウイ、リンゴの酸味《さんみ》とのバランスがいいね。」

濃厚《のうこう》な味《あじ》にうっとりした。

「オレは、〝ガッツリ味《あじ》わう〟トライフルにしたんだ。コクと香《かお》りの乳脂肪《にゅうしぼう》四十二パーセントのクリームを使《つか》ったから、フルーツ、カスタードもギッシリにしました。」

渚《なぎさ》も満足《まんぞく》そうに食《た》べている。

「スポンジケーキもたっぷりだ。おいしいけど、しつこい感《かん》じ……。」

カノンが、スプーンをおいた。

「つめこみすぎですね。乳脂肪《にゅうしぼう》の多《おお》いクリームを使《つか》うなら、小《ち》さく仕上《しあ》げたほうが最後《さいご》までおいしく食《た》べてもらえますよ。」

クロエ先生《せんせい》が言《い》った。

「うーん。ひと口目《くちめ》、ふた口目《くちめ》がおいしくても、最後《さいご》までおいしいと感《かん》じないと、『おいしいトライフル』とは言《い》えないんだな。」
渚《なぎさ》がしんみりと言《い》った。
いよいよわたしの番《ばん》だ。ドキドキしながらトライフルを出《だ》した。

## 5　ケーキ作《づく》りでいちばん大切《たいせつ》なこと

「わたしのトライフルをどうぞ。」

緊張《きんちょう》しながら、みんなにカップを配《くば》った。

「軽《かる》いクリームね。秋《あき》のフルーツとよく合《あ》っているよ。」

カノンがほめてくれた。自分《じぶん》も食《た》べてみた。いいバランスだ。ホッとして、もうひと口《くち》食《た》べたら……。

「あれっ？　なんだか、水《みず》っぽい！」

あわてて下《した》のカスタードクリームとスポンジケーキといっしょに食《た》べた。下《した》はおいしいけど、上《うえ》は水《みず》っぽい――。

「星野《ほしの》さん、乳脂肪《にゅうしぼう》の少《すく》ないクリームを使《つか》いましたね。」

クロエ先生《せんせい》が言《い》った。

「はい、乳脂肪《にゅうしぼう》三十五パーセントのクリームです。コクより軽《かる》さを選《えら》びました。秋《あき》のフルーツに合《あ》うと思《おも》って……。」

わたしは、いっしょうけんめい説明《せつめい》した。

「軽《かる》さがいいなら、乳脂肪《にゅうしぼう》と植物性脂肪《しょくぶつせいしぼう》の混《ま》ざったクリームにすれば、よかったんじゃない？」

渚《なぎさ》が言《い》った。

「わかってるよ。でも、このクリームの『香《かお》り』がほしかったんだもん。」

いいわけしている自分《じぶん》……。渚《なぎさ》の言《い》うとおり、クリーム選《えら》びの失敗《しっぱい》だ。

わたしもカノンも渚《なぎさ》も欠点《けってん》があって、だれもいちばんじゃない。

「はぁ……。『味《あじ》の組《く》み立《た》て』って、むずかしいな。」

三人《にん》でフーッとため息《いき》をついた。すると、クロエ先生《せんせい》がだまってキッチンへ入《はい》っていった。

しばらくして、トレイにトライフルをのせてもどってきた。

「さぁ、わたしのトライフルを試食《ししょく》してください。」

ガラスのゴブレットの中《なか》に、ちぎったスポンジケーキが入《はい》っている。その上《うえ》に、カスタードクリームとホイップクリーム。もう一度《いちど》ちぎったスポンジケーキをのせ、かざりはマロンクリームとカットした栗《くり》のシロップ煮《に》がパラパラとのっている。

お客《きゃく》さまの栗《くり》のケーキをアレンジしたんだ。見《み》た目《め》はザックリとしているけど、すごくカワイイ。そして、おいしそう！

「いただきます！」

栗《くり》、マロンクリーム、カスタード、ホイップクリーム、スポンジケーキ――。全部《ぜんぶ》の味《あじ》が、口《くち》の中《なか》で混《ま》ざって、ひとつになった。

「フワッとしていて、おいしい！」

「ホント、どんどん食《た》べたくなる。」

カノンと渚《なぎさ》が目《め》をまるくしてる。

「わたしたちの作《つく》ったトライフルと、口《くち》あたりがちがうのは、なぜ？」

三人《にん》で顔《かお》を見合《みあ》わせた。

「ケーキは、どう食《た》べるかしら？」

クロエ先生《せんせい》が楽《たの》しそうにきいた。

「どうって、フォークで食《た》べます。」

わけがわからないまま、答《こた》えた。

「そうですね。上《うえ》から下《した》にフォークを下《お》ろして食《た》べますね。つまり、ケーキは『タテ』を食《た》べるものです。」

不思議《ふしぎ》なことを言《い》うクロエ先生《せんせい》。——なにが言《い》いたいんだろう？

わたしたちは、いっしょうけんめいクロエ先生《せんせい》の言葉《ことば》を考《かんが》えた。

「わたしは『キレイ』に見《み》えるように重《かさ》ねてた。クロエ先生《せんせい》は『タテ』がおいしくなるように重《かさ》ねたんだ。」

カノンが言《い》った。

「『味《あじ》の組《く》み立《た》て』って、こういうことだったんだ……。」

わたしたちは、顔《かお》を見合《みあ》わせた。

クロエ先生《せんせい》の考《かんが》えが、伝《つた》わった。

トライフル作《づく》りは、ケーキ作《づく》りの大切《たいせつ》なことを教《おし》えるためのレッスンだったんだ。

「『味《あじ》の組《く》み立《た》て』は、『タテ』が大切《たいせつ》なんだ！」

わたしたちは、声《こえ》を合《あ》わせた。

「そのとおりです。ケーキは『タテ』を食《た》べることを意識《いしき》して組《く》み立《た》てましょう。では、今日《きょう》はここまで。」

クロエ先生《せんせい》が、ニッコリとうなずいた。

「ありがとうございました！」

みんなでキッチンのあとかたづけをして、お店《みせ》を出《で》た。

あー、外《そと》の空気《くうき》が気持《きも》ちいい。

「つかれたけど今日《きょう》のレッスン、すごく勉強《べんきょう》になったな。」

グーンと背《せ》のびして渚《なぎさ》が言《い》った。

「なかなか思《おも》いどおりにいかなかったけどね。本格的《ほんかくてき》なケーキで『味《あじ》の組《く》み立《た》て』をためしてみたいねー。」

自転車《じてんしゃ》のカゴにカバンを入《い》れながら、カノンが言《い》った。

「ねぇ、『エア・ケーキ』しながら帰《かえ》ろうよ。」

「エア・ケーキって、なに？」

ふたりが、キョトンとした顔《かお》をした。

「わたしが考《かんが》えたゲームだよ。頭《あたま》の中《なか》でケーキを組《く》み立《た》てるの。はじめるよ！　スポンジケーキはチョコレートね。カノン、次《つぎ》を考《かんが》えて。」

わたしは自転車《じてんしゃ》を、ゆっくり走《はし》らせながら言《い》った。

「えっと、チョコレートと相性《あいしょう》がいい、甘《あま》ずっぱくてさわやかなラズベリーソースをぬる。その次《つぎ》は？」

カノンはピッと渚《なぎさ》を指《ゆび》さした。

「えっ？　やっぱりチョコレートクリームをはさむだろ。そしてチョコレートスポンジをもう一枚《まい》！」

渚《なぎさ》が答《こた》える。

「仕上《しあ》げは、クリームじゃなくて、いちごのムースを重《かさ》ねよう。どう？」

わたしたちの頭《あたま》の中《なか》で、ピンクとチョコレート色《いろ》のキレイなケーキができた。

「うまそう！　このゲーム、『味《あじ》の組《く》み立《た》て』の勉強《べんきょう》になるな。」

渚《なぎさ》が感心《かんしん》している。次《つぎ》はなににしようかな？

自転車《じてんしゃ》をこぎながら、考《かんが》えていたら――。

「あーっ、そうだ！」

カノンが急《きゅう》に自転車《じてんしゃ》を止《と》めて、カバンの中《なか》から一枚《まい》の紙《かみ》を取《と》り出《だ》した。

「『スイーツ・フェア』。なにこれ？」

わたしはカノンにきいた。

「今朝《けさ》、話《はな》そうとしたのよ。だけど渚《なぎさ》が走《はし》りだしちゃったから……。」

カノンが、渚《なぎさ》を見《み》ながら言《い》った。

「『人気《にんき》スイーツショップがS市《エスし》に大集合《だいしゅうごう》！』って書《か》いてある。」

渚《なぎさ》がチラシを読《よ》んでいる。

「スゴッ！　一度《いちど》にたくさんのケーキが見《み》られるんだね。」

エア・ケーキどころじゃない。味《あじ》の組《く》み立《た》ての勉強《べんきょう》ができるぞ。

「場所《ばしょ》は、皇子台駅《おうじだいえき》の駅《えき》ビル『プリンス・ヒル』。みんなで行《い》こうよ！」

カノンが力強《ちからづよ》く言《い》った。

「行《い》く行《い》く！　ねっ、渚《なぎさ》？」

わたし、ワクワクして答《こた》えた。

「行《い》かない……てか、行《い》けない。だって駅《えき》ビルは校区外《こうくがい》じゃん。子《こ》どもだけで行《い》くのは、だめなんだぜ。」

キッパリと渚《なぎさ》がことわった。

「そう言《い》うと思《おも》った。だいじょうぶ、うちのお姉《ねえ》ちゃんも〝行《い》く〟から。」

カノンが、渚《なぎさ》の目《め》を見《み》て言《い》った。

「それならオッケー。明日《あした》は何時《なんじ》に集合《しゅうごう》する？」

渚《なぎさ》がうれしそうにうなずいた。

さぁ、明日《あした》はおこづかい持《も》って、『スイーツ・フェア』！

楽《たの》しみー☆

# 6　すばる、女子大生《じょしだいせい》になる!?

「すばる、渚《なぎさ》、早《はや》く行《い》こうよ！」

カノンが駅《えき》ビルの『プリンス・ヒル』の入《い》り口《ぐち》で呼《よ》んでいる。

「ちょっとまて。アンナお姉《ねえ》さんが来《き》てからだぞ。」

渚《なぎさ》がマジメな顔《かお》で言《い》った。きのうは『お姉《ねえ》ちゃんも行《い》く。』って言《い》ってたのに、カノンはひとりで来《き》たんだ。

「お姉《ねえ》ちゃんは、〝行《い》く〟よ。いつか知《し》らないけど！」

ニカッと笑《わら》って言《い》うと、エレベーターホールへ走《はし》っていっちゃった。

あー、カノンにだまされた。たしかに〝いっしょに行《い》く〟とは、言《い》ってなかった！

渚《なぎさ》とわたしは顔《かお》を見合《みあ》わせた。

『みんな大好《だいす》き！

スイーツ・フェア開催中《かいさいちゅう》！』

大《おお》きな看板《かんばん》の前《まえ》で、カノンが手《て》まねきしている。

エレベーターの前《まえ》は、たくさんの人《ひと》が集《あつ》まってる。わたしは、走《はし》ってカノンのそばへ行《い》った。

「これ、学校《がっこう》の校則違反《こうそくいはん》だよな。」

渚《なぎさ》が、ブツブツ言《い》ってる。

「じゃっ、行《い》かないの？」

ってきいたら、ブンブンって首《くび》をふってついてきた。満員《まんいん》のエレベーターが、グングンとのぼっていく。

——チーン！

七階《かい》についてドアが開《ひら》いた。スゴイ、朝《あさ》から大勢《おおぜい》の人《ひと》！

それに、いいにおい。チョコレート、バニラ、キャラメル……。うっとりする香《かお》りでいっぱいだ。

「スゲー、ズラーッとショーケースがならんでる！」

渚《なぎさ》の目《め》が、キラキラッとなった。

「来《き》てしまったものは、しかたがない。村木《むらき》、すばる、しっかり『味《あじ》の組《く》み立《た》て』の勉強《べんきょう》しようぜ。」

渚《なぎさ》がえらそうに言《い》った。

「ねぇ、見《み》て！　パイ専門店《せんもんてん》だって。パイにアイスがはさんであるよー。これ、作《つく》ってみたいね。」

「おおっ、ロールケーキがある。人気《にんき》のお店《みせ》って、なにを巻《ま》いているのか、よく観察《かんさつ》しよう。」

わたしたちは『パティシエ見習《みなら》い』の目《め》で、スイーツを見《み》る。それはそれで、楽《たの》しいんだけど……。

「おこづかい持《も》ってきたんだから、買《か》い物《もの》したいね。」

わたしはカノンに話《はな》しかけた。

「すばる、渚《なぎさ》。行《い》きたいお店《みせ》があるんだ。ついてきて。」

カノンがドンドン歩《ある》きだした。行《い》きたいお店《みせ》って、どこだろう？

白《しろ》いテーブルとイスがならぶ、喫茶《きっさ》スペースが見《み》えてきた。

「ここはカフェになっていて、東京《とうきょう》の有名《ゆうめい》なケーキが食《た》べられるの。」

カノンが、入《い》り口《ぐち》のショーケースを指《さ》して得意《とくい》げに言《い》った。どれもオシャレでカッコいいデザインのケーキばかりだ。

見《み》ているうちに、次《つぎ》から次《つぎ》へとお客《きゃく》さんがやってくる。

「おいしそう……。このケーキの『タテ』って、どうなっているのかな？」

わたしは、ツヤツヤなチョコレートケーキが気《き》になってきた。

「でしょ、でしょ！　見《み》たいよね、食《た》べたいよね。では決《き》まり☆」

カノンはそう言《い》って、カフェの中《なか》へ入《はい》ろうとした。そのとき――。

「ちょっとまった！」

渚《なぎさ》はそう言《い》うと、カノンの腕《うで》をガシッとつかんだ。

「渚《なぎさ》、なんで止《と》めるの？　『味《あじ》の組《く》み立《た》て』の勉強《べんきょう》に行《い》こうよ。」

カノンがビックリしてきいた。

「……村木《むらき》、なんでカフェに入《はい》る？　オレたち小学生《しょうがくせい》だぞ。」

渚《なぎさ》に言《い》われて、わたしはテーブルを見《み》まわしてみた。

「子《こ》どもだけって、いないね……。」

わたしはカノンに言《い》った。

「絶対《ぜったい》、ぜーったい入《はい》る！　わたしたちは、ただの子《こ》どもじゃないの、『パティシエ見習《みなら》い』だもん。東京《とうきょう》の人気店《にんきてん》のケーキの味《あじ》、調《しら》べたくないの？」

カノンが腰《こし》に手《て》をあてて、一気《いっき》にまくしたてた。

「でもダメ！」

渚《なぎさ》もゆずらない。入《い》り口《ぐち》の前《まえ》で、口《くち》を〝への字《じ》〟に曲《ま》げて仁王立《におうだ》ちしている。

カフェの前《まえ》でケンカしてたら、ザワザワと人《ひと》が集《あつ》まってきた。

「しかたがない。秘密兵器《ひみつへいき》を使《つか》うか……。渚《なぎさ》はここでまってて！」

カノンはそう言《い》うと、わたしの手《て》をつかみ、クルッとまわれ右《みぎ》して歩《ある》きだした。

「ちょっと、どこ行《い》くんだよー⁉」

さけぶ渚《なぎさ》をおき去《ざ》りにして、もと来《き》た通路《つうろ》をズンズンもどっていく。

「カノン、秘密兵器《ひみつへいき》ってなに？」

わたしは不安《ふあん》になってきた。

「つきました。ここで秘密兵器《ひみつへいき》を出《だ》すよ。」

カノンはドアの前《まえ》で言《い》った。

「ここトイレだよね？　ちょっと意味《いみ》がわからないよ。」

わたしは扉《とびら》に手《て》をかけて、グイッと押《お》した。

「うわっ、トイレじゃない！」

おどろいて、さけんじゃった。

「ここはパウダールームよ。」

「ぱうだーるーむって、なに？」

わたしは、さっぱりわからない。

「お着《き》がえしたり、身《み》だしなみを整《ととの》える専用《せんよう》のお部屋《へや》なの。すばる、鏡《かがみ》の前《まえ》にすわって。」

そう言《い》ってカバンの中《なか》からカチューシャを出《だ》して、わたしの前髪《まえがみ》をクイッと上《あ》げた。

「ちょっと、カノン……。」

鏡《かがみ》に、茶色《ちゃいろ》がかった緑色《みどりいろ》の瞳《ひとみ》のわたしがうつった。

「すばるは、いつも前髪《まえがみ》を下《お》ろしているけど、その瞳《ひとみ》はすごーくステキなんだよ。」

カノンがやさしく言《い》った。じつは、わたしのおじいちゃんは、オーストリア人《じん》なの。おばあちゃんは日本人《にほんじん》だから、ママはハーフなんだ。

わたしは、おじいちゃんに似《に》て、瞳《ひとみ》の色《いろ》がみんなとちがうの。それがイヤで、前髪《まえがみ》で目《め》をかくしているんだ。

「では、はじめます。」

そう言《い》うと、カノンはポーチを出《だ》した。中《なか》に入《はい》っていたのは……!?

「お化粧道具《けしょうどうぐ》!?」

ビックリして、さけんでしまった。

「しーっ！　静《しず》かにしてよ。これからすばるは、女子大生《じょしだいせい》になるの。」

カノンがサラリと言《い》った。だけど、ゴメン、意味《いみ》わかんないわ。

「渚《なぎさ》の言《い》うとおり、小学生《しょうがくせい》だけでカフェにいたら、おこられるもんね。大学生《だいがくせい》のお姉《ねえ》さんが、妹《いもうと》と弟《おとうと》を連《つ》れてきたってことにするのよ。」

マジメな顔《かお》で、説明《せつめい》してる。

「その女子大生《じょしだいせい》が、わたし？」

秘密兵器《ひみつへいき》って、お化粧道具《けしょうどうぐ》のことだったなんて——。

「いいから、まかせて。」

カノンは自信《じしん》たっぷりに言《い》った。

「えっとー。うすいまゆげを、アイブロウ・ペンシルで描《えが》いて、茶色《ちゃいろ》のアイラインで目《め》を強調《きょうちょう》するね。はい、じっとして！」

カノンがメイクをはじめた。

わたしは、ドキドキしながらカノンの言《い》うとおりにしている。

顔《かお》になにかされるなんて、七五三《しちごさん》のとき以来《いらい》だ。

むひょひょー！　くすぐったい。ときどき目《め》をあけて、メイクするカノンを見《み》てる。

不思議《ふしぎ》だなぁ。鏡《かがみ》の中《なか》のわたし、どんどん大人《おとな》っぽくなっていく。

カノンはケーキのデコレーションが得意《とくい》。いつもセンスいい飾《かざ》りを思《おも》いつくの。だけどメイクまでできるなんて、知《し》らなかったな。

感心《かんしん》して見《み》つめていたら、カノンの手《て》が止《と》まった。

「わたしね、アンナお姉《ねえ》ちゃんのメイク道具《どうぐ》で練習《れんしゅう》したんだ。すぐ見《み》つかっておこられたけどね。」

楽《たの》しそうに教《おし》えてくれた。

そして——。

「メイク終了《しゅうりょう》！　どう？」

鏡《かがみ》の中《なか》のカノンが言《い》った。

「信《しん》じられない、魔法《まほう》みたいだ。」

わたし、金《かな》しばりにあったみたいに動《うご》けない。だって、鏡《かがみ》の中《なか》にいるのは、写真《しゃしん》で見《み》た若《わか》いころのママ⁉

「さぁ、服《ふく》もかえるよ。そのクマさんのついたカーディガンをぬいで、このジャケット着《き》て。」

カノンがカバンの中《なか》からブルーのジャケットを出《だ》した。

スイーツ・フェアなのに、カノンのカバンが大《おお》きくてヘンだと思《おも》ってたんだ。

「ほんとうは、カノンがメイクしたかったんでしょう？」

わたしはカノンにきいた。

「うん！　だけどわたしは身長《しんちょう》百三十八センチ、女子大生《じょしだいせい》には見《み》えないもん。すばるは百五十二センチもあって、いいなぁ。」

そう言《い》って、わたしのデニムのすそをクルクルッと折《お》りあげた。

「すばるの足首《あしくび》、細《ほそ》いねー。はいっ、靴下《くつした》と靴《くつ》をぬいで。こっちの靴下《くつした》と靴《くつ》にはきかえて。」

赤《あか》くてカワイイ、かかとの高《たか》い靴《くつ》をはいた。うわっ、景色《けしき》がちがう⁉

「女子大生《じょしだいせい》すばる、完成《かんせい》しました。」

カノンがV《ブイ》サインした。

学年《がくねん》でいちばん背《せ》が高《たか》いこと、瞳《ひとみ》の色《いろ》がみんなとちがうこと。イヤなことが、ほめられポイントになった。わたしは、うれしくて、鏡《かがみ》の前《まえ》で胸《むね》をはった。

「なんか、わたしスゴイ！」

いそいで渚《なぎさ》のところへもどろう。

「おまたせしました！」

わたしは、つまらなそうに立《た》っている渚《なぎさ》に声《こえ》をかけた。

「えっ、人《ひと》ちがいです――。ってか、すばる？　えーっ、顔《かお》がちがう！　背《せ》が高《たか》くなってる！」

渚《なぎさ》がわたしを見《み》てさけんだ。

「女子大生《じょしだいせい》のすばるが、カフェへ連《つ》れていってくれるって。」

カノンが、自信満々《じしんまんまん》で言《い》った。

おどろいている渚《なぎさ》を見《み》ていたら、おもしろくなってきた。

わたしは、カツカツと靴音《くつおと》をひびかせ、カフェへ入《はい》った。

「お客《きゃく》さま、何名《なんめい》さまですか？」

店員《てんいん》さんが、声《こえ》をかけてきた。

「妹《いもうと》と弟《おとうと》と三名《めい》です……。」

「どうぞ、こちらへ。」

ぜんぜんバレてない⁉

「カノン、渚《なぎさ》、こっちよー。」

ごきげんでふたりを呼《よ》んだ。

わたしは、運《はこ》ばれてきたお水《みず》をひと口《くち》飲《の》んで、優雅《ゆうが》にメニューを開《ひら》いた。

「なににしようかな？　えっ⁉」

タルトタタン六百八十円《えん》、ミルフィーユ七百七十円《えん》、チョコレートケーキ八百六十円《えん》。

「お金《かね》、ぜんぜん足《た》りないじゃないっ！」

思《おも》わずさけんでしまった。さっきまで、ワクワクしてたのに……。

わたしのおサイフの中《なか》は、四百円《えん》。なのに食《た》べたいチョコレートケーキは八百六十円《えん》！

もう、泣《な》きそうだ。

「ケーキ高《たか》すぎ！　オレも四百円《えん》しかない。村木《むらき》、お金貸《かねか》してよ。お年玉《としだま》で返《かえ》すからさ。」

渚《なぎさ》が小声《こごえ》でささやいた。

「貸《か》すお金《かね》なんて、ないわよ。わたしのおこづかいだってみんなと同《おな》じ、学年《がくねん》×百円《えん》で四百円《えん》だもん‼」

カノンがキッパリ言《い》った。

いちばん安《やす》いのは六百八十円《えん》で、二個《こ》たのむと千三百六十円《えん》。だけどお金《かね》は三人合《にんあ》わせて千二百円《えん》。ってことは……。

「一個《こ》しか、たのめない。女子大生《じょしだいせい》なのに、ヘンだと思《おも》われちゃうよ。」

変装《へんそう》までしたのに、泣《な》きそうだ。

「声《こえ》が大《おお》きいよ、落《お》ちついて……。」

カノンが注意《ちゅうい》した。

「村木《むらき》、変装《へんそう》の準備《じゅんび》するより、ケーキの値段《ねだん》を調《しら》べるべきだったな。」

渚《なぎさ》があきれた顔《かお》で言《い》った。

そのとき——。

「ご注文《ちゅうもん》はお決《き》まりでしょうか？」

店員《てんいん》さんが、わたしに声《こえ》をかけた。

うぐー、どうしよう……。もう、こうなったら!!

「チョコのケーキをひとつ。ナイフ一本《ぽん》と、フォークは三本《ぼん》つけてね。」

わたしは、とびきり笑顔《えがお》で答《こた》えた。

「おまたせしました。こちらがスイーツ・フェアのいちばん人気《にんき》のチョコレートケーキでございます。」

目《め》の前《まえ》にツヤツヤしているチョコレートケーキがやってきた。

「超《ちょう》うまそう！」

渚《なぎさ》の目《め》がまんまるくなった。

「では切《き》るよ。」

わたしはしんちょうにナイフを入《い》れ、ケーキを三等分《とうぶん》した。

すごいぞ。切《き》り口《くち》が四層《そう》になってる。見《み》たことない、美《うつく》しい『タテ』だ。

「いただきます。」

フォークですくって、ひと口《くち》でパクッ！　いろいろな味《あじ》が口《くち》の中《なか》に広《ひろ》がった。おいしすぎる……。

複雑《ふくざつ》だけど、まとまっている。

「外側《そとがわ》のチョコレート、オレンジの風味《ふうみ》がしたね。」

カノンが言《い》った。

「まんなかのチョコレートムース、中《なか》に梨《なし》のコンポートが入《はい》ってる。」

渚《なぎさ》が興奮《こうふん》した顔《かお》で言《い》った。

「ベースはチョコレートスポンジ。そしていちばん下《した》はクッキーだったね。」

わたしはサクサクとした食感《しょっかん》を思《おも》いだして言《い》った。

「あー満足《まんぞく》。女子大生作戦《じょしだいせいさくせん》のおかげだね。」

カノンが胸《むね》をはった。

「一瞬《いっしゅん》で食《た》べおわったけどな。」

渚《なぎさ》はそう言《い》って、席《せき》を立《た》った。

「燃《も》えてきた！　すごーくケーキが作《つく》りたくなった！　これからうちでケーキを作《つく》ろうよ！」

わたしは、いきおいよく立《た》ちあがった。と、そのとき、なれないかかとの高《たか》い靴《くつ》で、足《あし》もとが――。

「うわっわっ！」

わたしはバランスをくずして、フラフラとよろけてしまった。

あぁ、あぶないっ！

# 7 スイーツ・フェアで出会《であ》ったおばあさん

渚《なぎさ》の手《て》が、わたしの体《からだ》をグッとささえた。だけど、おそかった。

ガチャガチャッ!!

わたしはうしろのテーブルにたおれこんで、カップをたおしてしまった。

「あぁ、ごめんなさいっ!」

たおれたカップをもとへもどして、となりの人《ひと》の顔《かお》を見《み》た。むずかしい顔《かお》をしたおばあさんだ。どうしよう……。心臓《しんぞう》がバクバクしてる。

「あなた、ケガはない?」

心配《しんぱい》そうに声《こえ》をかけてくれた。やさしい声《こえ》にホッとした。

「はい、ほんとうにごめんなさい。」

ペコッともう一度《いちど》あやまった。

「気《き》にしないで。それより、あなたたち、一個《こ》のケーキをうれしそうに食《た》べていたわね。」

おばあさんが、わたしに言《い》った。

「あぁ、やっぱりオレたち、ヘンって思《おも》われてたんだぜ……。」

渚《なぎさ》が小声《こごえ》でつぶやいた。

「ヘンだなんて……。楽《たの》しそうって、見《み》てたのよ。」

そう答《こた》えて、小《ちい》さく笑《わら》った。

テーブルの上《うえ》のケーキは、食《た》べかけのまま。もう、興味《きょうみ》がなくなったみたい。なんで、そんな顔《かお》をしているんだろう？

わたしは、この人《ひと》のことが気《き》になりだした。

「あの、おばあさんは、ケーキを食《た》べて楽《たの》しくないの？」

思《おも》いきってきいてみた。

「ええ、楽《たの》しくないわね。」

お皿《さら》のケーキを見《み》つめながら答《こた》えた。ピンク色《いろ》のうすいジュレがかかったカワイイケーキ。上《うえ》から下《した》へ、フォークを下《お》ろしたあとがついてる。ジュレの下《した》は、うすいスポンジケーキ。そしてたっぷりのクリームにサンドされたいちご。

オシャレでおいしそうなケーキなのに……。

「このケーキ、おいしくないの？」

「いいえ、おいしいわ。むしろおいしすぎよ。」

と言《い》って、わたしを見《み》た。

「おいしかったら、よくないの？」

もう、わけがわからない。

「わたしはね、『大切《たいせつ》な日《ひ》』のケーキを買《か》いにきたの。でも、こんなふうに複雑《ふくざつ》で派手《はで》なケーキばかりで。もう、あきらめるわ。」

さびしそうな横顔《よこがお》を見《み》て、こころがツンッとなった。

「あきらめないで。わたし、ケーキを探《さが》すお手伝《てつだ》いをします。」

自分《じぶん》でもおどろくようなことを言《い》ってしまった。

「うん、みんなで手伝《てつだ》おう。おばあさん、どんなケーキを探《さが》しているの？」

カノンが質問《しつもん》した。

「『ガトー・オ・フレーズ』。スポンジと、いちごとホイップクリームのバランスが大切《たいせつ》なのよ。」

おばあさんは、うっとりした顔《かお》で言《い》った。

「いちごとクリーム？　それって、いちごのケーキじゃない……？」

わたしは胸《むね》がドキドキしてきた。

「なんだ、それなら探《さが》さなくていいじゃん！」

渚《なぎさ》がニコッと笑《わら》った。

「ホントだ。わたしたち、ホイップクリームの勉強《べんきょう》を、したばかりだもんね。」

カノンが胸《むね》をはった。

「そうだよ！　わたしたちに作《つく》らせてください。おばあさんの探《さが》しているガトー・オ・フレーズ！」

「あなたたちがケーキを作《つく》るの？　なぜ、そん

なことを言《い》うの？　あなたたちはいったいだれなの？」

おばあさんは、わたしたちの顔《かお》をかわるがわる見《み》つめて質問《しつもん》した。

顔《かお》を動《うご》かすたびに、シルバーのイヤリングが、キラキラとゆれる。

すみれ色《いろ》のうすでのセーターと、ベージュ色《いろ》のロングスカート。気《き》がつかなかったな、ずいぶんオシャレなおばあさんだ。

「なぜかと言《い》うと、わたしたち『パティシエ』だからです！」

わたしは、胸《むね》をはって答《こた》えた。

「と言《い》っても、まだ『見習《みなら》い』ですけど……。」

渚《なぎさ》があわてて、つけたした。

「つまり、わたしたち『小学生《しょうがくせい》のパティシエ見習《みなら》い』なんです。」

カノンが、キリッと宣言《せんげん》した。

「三人《にん》とも、小学生《しょうがくせい》？」

おばあさんがわたしの顔《かお》を見《み》て、不思議《ふしぎ》そうに首《くび》をかしげてる。ああ、わすれてた……。わたし、カノンに女子大生《じょしだいせい》メイクしてもらってたんだ。

「あの、ちょっと事情《じじょう》があって、いまだけ〝女子大生《じょしだいせい》〟してますけど、『パティシエ見習《みなら》い』はほんとうです。わたしたち、『お菓子《かし》のアトリエ　マダム・クロエ』というお店《みせ》で、パティシエ修業《しゅぎょう》をしているんです。」

わたしは、必死《ひっし》で説明《せつめい》した。

「そのお店《みせ》は、大切《たいせつ》な日《ひ》のためのケーキを作《つく》る『記念日《きねんび》のケーキ屋《や》さん』なんです。」

渚《なぎさ》が、またひと言《こと》、つけたした。

「記念日《きねんび》のケーキ屋《や》さん？　そんなお店《みせ》があるなんて――。」

おばあさんはそう言《い》うと、だまってしまった。アゴに手《て》をあてて、じっと考《かんが》えているみたい……。

「決《き》めました！　わたしの大切《たいせつ》な記念日《きねんび》のために、ケーキを作《つく》ってください。お願《ねが》いします。」

キラキラした瞳《ひとみ》で、おばあさんが言《い》った。

「はいっ、おまかせください！」

わたしたちは、はりきって答《こた》えた。

「では、さっそく打《う》ち合《あ》わせだね。」

わたしは、カバンの中《なか》からノートを出《だ》して言《い》った。

「すばる、ここはカフェよ。お店《みせ》に来《き》てもらわなくちゃ。」

カノンがまわりを見《み》て言《い》った。

「お店《みせ》の場所《ばしょ》を言《い》います。藤森神社《ふじもりじんじゃ》を知《し》ってますか？　その先《さき》です。緑色《みどりいろ》の屋根《やね》で、玄関《げんかん》ドアに小《ちい》さな看板《かんばん》がかかってます。」

渚《なぎさ》がテキパキと説明《せつめい》した。

「緑色《みどりいろ》の屋根《やね》!?　おどろいたわ。その場所《ばしょ》なら、よくわかりますよ！」

おばあさんが答《こた》えた。

「では、お店《みせ》でまってます。」

わたしたちは、はりきってカフェを出《で》た。

たくさんの人《ひと》でにぎわうスイーツ・フェアの会場《かいじょう》を通《とお》りぬけ、エレベーターに乗《の》りこんだら、なんだか胸《むね》がドキドキしてきた。

「『ケーキを作《つく》らせてください。』って言《い》っちゃったね……。」

わたしは、ふたりに言《い》った。

「おばあさんのさびしそうな顔《かお》を、笑顔《えがお》に変《か》えたいって思《おも》ったんでしょ？　わたしもそう思《おも》った！」

カノンがニカッと笑《わら》った。

「お客《きゃく》さまの大切《たいせつ》な記念日《きねんび》のために、最高《さいこう》のケーキを作《つく》ろうぜ！」

グングンおりるエレベーターの中《なか》で、渚《なぎさ》が力強《ちからづよ》く言《い》った。

# 8　いちごのケーキは大問題《だいもんだい》!?

わたしたちは、『お菓子《かし》のアトリエ　マダム・クロエ』で、お客《きゃく》さまをまっている。

お客《きゃく》さまは、もちろんスイーツ・フェアで会《あ》ったおばあさんだよ。

「お店《みせ》の場所《ばしょ》、わからないのかな?」

カノンが窓《まど》の外《そと》を見《み》て、つぶやいた。そのとき――。

カランカランと、玄関《げんかん》の扉《とびら》についたベルが鳴《な》った。

「こんにちは……。」

シルバーのイヤリングをキラキラさせて、おばあさんが店《みせ》の中《なか》に入《はい》ってきた。

「いらっしゃいませ。おまちしてました。」

わたしたちは、元気《げんき》にあいさつした。

「あら、あなた。女子大生《じょしだいせい》から小学生《しょうがくせい》にもどったのね。いまのほうが、ずっとかわいいですよ。」

おばあさんが、わたしを見《み》るなり言《い》った。うわぁ、そんな大《おお》きな声《こえ》で……。クロエ先生《せんせい》が、不思議《ふしぎ》そうな顔《かお》をして見《み》てるよ。

わたしは返事《へんじ》にこまって、ただニカッと笑《わら》ってみた。

「はじめまして。わたくし、小山《こやま》と申《もう》します。スイーツ・フェアでパティシエ見習《みなら》いさんたちと知《し》り合《あ》いまして、ケーキを注文《ちゅうもん》にまいりました。」

おばあさんが、クロエ先生《せんせい》に向《む》かって言《い》った。

「ありがとうございます。では、ケーキの打《う》ち合《あ》わせをいたしましょう。こちらへどうぞ。」

クロエ先生《せんせい》がテーブルへ案内《あんない》しようとした。

「その必要《ひつよう》はありませんわ。わたしがお願《ねが》いしたいケーキは、パティシエ見習《みなら》いさんに伝《つた》えてあります。」

おばあさんが、わたしたちを見《み》つめて言《い》った。

「はい、おまかせください。」

わたしたちは胸《むね》をはって答《こた》えた。

「みなさん、たのみましたよ。来週《らいしゅう》の日曜日《にちようび》の午後《ごご》三時《じ》にまいります。」

そう言《い》うと、お店《みせ》から出《で》ていった。ずいぶんいそがしいおばあさんだな。

「あれ？　大切《たいせつ》な日《ひ》がなんの記念日《きねんび》か、言《い》わなかったぞ！」

渚《なぎさ》が、ハッとした顔《かお》をした。

「きっと『秘密《ひみつ》の記念日《きねんび》』なのよ。ワクワクするね。デコレーションのデザインを考《かんが》えなくちゃ！」

カノンがはりきって言《い》った。

「そのまえに、レシピと材料《ざいりょう》の確認《かくにん》だよ。ねっ、クロエ先生《せんせい》。」

わたしは、クロエ先生《せんせい》にきいた。だけど、返事《へんじ》がない。

「クロエ先生《せんせい》！」

わたしは、もう一度《いちど》声《こえ》をかけた。

「あっ、ごめんなさい。さきほどのお客《きゃく》さま、どこかでお会《あ》いしたような気《き》がして……。

それよりみなさん、小山《こやま》さまは、どんなケーキをリクエストなさったの？」

考《かんが》えごとをしている顔《かお》から一転《いってん》、キリッとした表情《ひょうじょう》できいた。

「いちごのケーキです。」

「いちごのケーキですって？　これは……問題《もんだい》ですよ。」

クロエ先生《せんせい》は、腕組《うでぐ》みをして、急《きゅう》に考《かんが》えはじめた。

問題《もんだい》って!?　思《おも》いもよらないことを言《い》われて、頭《あたま》の中《なか》がまっ白《しろ》になった。自信《じしん》とやる気《き》でいっぱいなのに……。クロエ先生《せんせい》、どうして、そんなことを言《い》うの？

わたしたちは、顔《かお》を見合《みあ》わせた。


クロエ先生《せんせい》の言葉《ことば》が、わたしの頭《あたま》の中《なか》でグルグルまわる。心配《しんぱい》で胸《むね》が苦《くる》しいよ。

いちごケーキの問題《もんだい》ってなに？

クロエ先生《せんせい》は、わたしたちにいちごのケーキは作《つく》れないと思《おも》っているの？

「問題《もんだい》なんか、ありません。スポンジケーキだって、焼《や》けます！」

わたしは、クロエ先生《せんせい》を見《み》あげて、キッパリと言《い》った。

「クリームだって選《えら》べます！」

「そうです。ケーキ作《づく》りで大切《たいせつ》なことだって、おぼえています！」

渚《なぎさ》とカノンも真剣《しんけん》な顔《かお》でクロエ先生《せんせい》を見《み》つめてる。

「――ごめんなさい。問題《もんだい》は、みなさんのことではありませんよ。問題《もんだい》は、いちごなんです。」

クロエ先生《せんせい》があわてて答《こた》えた。

なんだ、よかった……。って、ホッとしている場合《ばあい》じゃないぞ。「問題《もんだい》はいちご」って？

「いちごは、全国《ぜんこく》でいろんな品種《ひんしゅ》が作《つく》られているの。それが市場《しじょう》にならぶのは、冬《ふゆ》から春《はる》にかけてです。」

クロエ先生《せんせい》が、いちごの説明《せつめい》をはじめた。なにが言《い》いたいんだろう？

「冬《ふゆ》から春《はる》？　いまは秋《あき》……。まさか、いちごがないの？　大変《たいへん》じゃん！」

渚《なぎさ》がおどろいた声《こえ》をあげた。

いちごがない⁉　わたしたち、いちごがないのに、いちごケーキを作《つく》るって約束《やくそく》し

ちゃったの⁉

「そんなはず、ありません。だって、スイーツ・フェアには、いちごのケーキがありました。」

カノンがむきになって言《い》った。

「ええ、いちごがなくなるわけではありません。外国産《がいこくさん》の輸入《ゆにゅう》いちごがあります。国産《こくさん》の夏《なつ》から秋《あき》に実《みの》るいちごもあります。だけど、出荷《しゅっか》が少《すく》なくて、なかなか手《て》に入《はい》らないの。」

そう言《い》うと、いちご農園《のうえん》さんへ電話《でんわ》をかけはじめた。

なんてことだろう。いちごをとりよせなくちゃならないなんて……。

「いちごのこと、もっと勉強《べんきょう》しなくちゃね。」

電話《でんわ》をかけているクロエ先生《せんせい》のうしろ姿《すがた》を見《み》て、カノンがつぶやいた。

「それだけじゃないぞ、果物《くだもの》、木《き》の実《み》、野菜《やさい》もな。」

渚《なぎさ》が真剣《しんけん》な顔《かお》で言《い》った。

「みなさん、秋《あき》のいちご『すずあかね』が手《て》に入《はい》りますよ。」

受話器《じゅわき》をおき、クロエ先生《せんせい》が言《い》った。

よかった……。これで、おばあさんの記念日《きねんび》のケーキが作《つく》れる。

「先生《せんせい》、いつお店《みせ》にとどくのですか？」

わたしは、はりきってきいた。おいしいケーキを作《つく》るには『味《あじ》の組《く》み立《た》て』が重要《じゅうよう》なんだ。いちごの味《あじ》をたしかめてから、『味《あじ》の組《く》み立《た》て』を考《かんが》えなくちゃね。

「それが――、出荷《しゅっか》は来週《らいしゅう》の土曜日《どようび》になるそうです。」

えっ、じゃあ到着《とうちゃく》は日曜日《にちようび》？　おばあさんに、いちごケーキをおわたしする日《ひ》じゃない!?

わたしたちは、『すずあかね』を見《み》て食《た》べて、じっくりクリームを選《えら》ぼうと思《おも》ってたのに……。

「はじめてのお客《きゃく》さまのケーキを、〝ぶっつけ本番《ほんばん》〟で作《つく》るの？　だいじょうぶかな、オレたち……。」

渚《なぎさ》が、ため息《いき》をついた。

「そうだ、『エア・ケーキ』よ！」

カノンが、とつぜん大声《おおごえ》を出《だ》した。

「――なるほど、いい考《かんが》えじゃん。」

渚《なぎさ》が、うなずいた。

だけど、その『エア・ケーキ』って遊《あそ》びが、なんの役《やく》に立《た》つというの？

「あぁっ、そうか。いちごがない、いまの状況《じょうきょう》に、ピッタリなんだ！」

わたしは、ようやく気《き》がついた。

「クロエ先生《せんせい》、『すずあかね』の特徴《とくちょう》を、教《おし》えてください。」

ノートを出《だ》して言《い》った。

「わかりました。……いちごの形《かたち》は、まるみのある円錐形《えんすいけい》、つまり大《おお》きくてゴロッとしています。色《いろ》は、つやがある赤色《あかいろ》ね。しっかりとした果肉《かにく》で、酸味《さんみ》と甘《あま》みのバランスがいい味《あじ》です。」

わたしは『すずあかね』の特徴《とくちょう》を、いっしょうけんめい書《か》きとめた。

さぁ、このメモだけを頼《たよ》りに、いちごのケーキを組《く》み立《た》てよう。

まるみのある赤《あか》いつやつやないちごを思《おも》いうかべて、みんなで目《め》をとじた……。

「ねぇ、スポンジケーキの間《あいだ》から、太《ふと》っちょいちごが見《み》えたらカワイイと思《おも》わない？」

カノンが言《い》った。

「いいね！　いちごを半分《はんぶん》に切《き》ってならべよう。いちごをほおばって食《た》べると、おいしいもんね。」

わたしは渚《なぎさ》を見《み》て言《い》った。

「オッケー。それならホイップクリームは、酸味《さんみ》と甘《あま》みのあるいちごを受《う》け止《と》める、コクのあるクリームだな。」

渚《なぎさ》が言《い》った。

「飾《かざ》りしぼりをきれいな仕上《しあ》がりにしたいから、乳脂肪分《にゅうしぼうぶん》は四十パーセントね。」

カノンが言《い》った。

「スポンジケーキは『共立《ともだ》て』で作《つく》ろうね。」

わたしの提案《ていあん》に、カノンと渚《なぎさ》がうなずいた。

シンプルないちごのケーキは、基本《きほん》のレシピで作《つく》るスポンジケーキがよく合《あ》うはずだもの。

『共立《ともだ》て』というのはね、卵《たまご》の白身《しろみ》と黄身《きみ》をわけずに泡立《あわだ》てること。スポンジケーキの基《き》本《ほん》の作《つく》り方《かた》なんだよ。

「いちごのエア・ケーキ完成《かんせい》！」

渚《なぎさ》が、ニカッと笑《わら》った。

「デコレーションのデザインを考《かんが》えなくちゃ。すばる、手伝《てつだ》ってね。」

カノンが楽《たの》しそうに言《い》った。

「オレは、クロエ先生《せんせい》と材料《ざいりょう》の分量計算《ぶんりょうけいさん》だ。」

渚《なぎさ》がキリッと言《い》った。

そして、一週間《しゅうかん》がたった。

いよいよパティシエ見習《みなら》いとして、お客《きゃく》さまのケーキを作《つく》る日《ひ》が来《き》た。

「おはようございます！」

いつものように、玄関《げんかん》の扉《とびら》のベルを鳴《な》らして、お店《みせ》の中《なか》へ入《はい》った。

「はい、おはようございます。『すずあかね』、とどいていますよ。」

クロエ先生《せんせい》が、いちごの入《はい》ったトレイを、テーブルの上《うえ》においた。

大粒《おおつぶ》でプクッとした、かわいいいちご。思《おも》っていたより、つやのある赤色《あかいろ》だな。

「さぁ、味《あじ》をみてください。」

「いただきます！」

ドキドキしながら、口《くち》へ運《はこ》んだ。シャクッと音《おと》がした。

甘《あま》ずっぱい果汁《かじゅう》が、口《くち》の中《なか》いっぱいに広《ひろ》がった。

「おいしい☆　味《あじ》が濃《こ》いね。甘《あま》くて、すっぱくて……。」

「うまい！　思《おも》っていたより固《かた》いけど。」

カノンと渚《なぎさ》がうれしそうに顔《かお》を見合《みあ》わせている。たしかに、おいしいいちごだ。

だけど……。

「このいちご、なんかちがう。」

わたしは、ふたりに言《い》った。

「すばる、なにがちがうの？」

カノンがビックリしてきいた。

「スポンジケーキにはさむいちごは、半分《はんぶん》にカットしてならべる。そう決《き》めた。だけど……。その切《き》り方《かた》で、おいしいかな。」

正直《しょうじき》に思《おも》っていることを言《い》った。

ふたりとも、なにも言《い》わないで『すずあかね』をじっと見《み》つめている。

「たしかに、いちごのかたさと酸味《さんみ》を考《かんが》えると合《あ》わないかも。」

渚《なぎさ》が言《い》った。

「うん、いちごが主張《しゅちょう》しすぎちゃうわね。『エア・ケーキ』で想像《そうぞう》しても、肝心《かんじん》のいちごがないままで『味《あじ》の組《く》み立《た》て』は、むりだったのね。」

カノンが、肩《かた》を落《お》として言《い》った。

「みなさん、そんなに落《お》ちこまないで！　『エア・ケーキ』があったからこそ、気《き》がついたのですよ。よかったですね、気《き》がついて。」

クロエ先生《せんせい》が言《い》った。

よかったって？　わたしたちが、こんなに落《お》ちこんでいるのに……。

「――そうか、よかったんだよ。」

渚《なぎさ》がニカッと笑《わら》った。

「うん、〝いま〟気《き》がついて、よかったのね。だって、ケーキが、よりよくなるってことだもん。」

カノンがわたしを見《み》て、うなずいた。

「よーし、考《かんが》えなおそう！」

三人《にん》で元気《げんき》に宣言《せんげん》した。

「スポンジケーキにはさむいちごの切《き》り方《かた》は、スライスにかえよう。」

わたしは、みんなに提案《ていあん》した。

「いちごの酸味《さんみ》は、どうする？」

渚《なぎさ》が、こまった顔《かお》をしてきいた。

「そうだ！　スライスしてお砂糖《さとう》をまぶしたら？　うちのママ、すっぱいいちごが苦手《にがて》で、よくそうしているの。」

カノンが言《い》った。

「それは『いちごのマリネ』ですね。よく気《き》がつきました。いちごの果汁《かじゅう》がグラニュー糖《とう》をとかして、しっとりして甘《あま》くなって、赤《あか》い色《いろ》もよりきれいになりますよ。」

クロエ先生《せんせい》が教《おし》えてくれた。

なんてステキなアイディアだろう。わたしは、ケーキの断面《だんめん》、『タテ』を想像《そうぞう》してみた。白《しろ》いクリームにはさまれた、まっ赤《か》な、スライスしたいちご。それをつつむクリーム色《いろ》のスポンジケーキ……。最高《さいこう》にきれい、そしておいしそう。もう、わたしたちはまよわない。エプロンをつけて、キッチンへ入《はい》った。

はじめはスポンジケーキ作《づく》りから。材料《ざいりょう》は、卵《たまご》、グラニュー糖《とう》、薄力粉《はくりきこ》、バターだよ。

「計量《けいりょう》は、オレにまかせて。」

渚《なぎさ》がはりきって言《い》った。

「湯煎《ゆせん》の準備《じゅんび》をするね。」

カノンがお湯《ゆ》を入《い》れたボウルを作業台《さぎょうだい》へのせた。そして、ひとまわり小《ちい》さなボウルの中《なか》へ卵《たまご》とグラニュー糖《とう》を入《い》れ、お湯《ゆ》の入《はい》ったボウルの中《なか》に入《い》れた。

「さぁ、はじめるよ！」

わたしは、ホイッパーをギュッとにぎって言《い》った。

# 9 おばあさんの正体《しょうたい》

シャカシャカシャカ――。

わたしはホイッパーを、いきおいよく動《うご》かしはじめた。

あのね、スポンジケーキをフワフワに作《つく》るコツ、教《おし》えてあげる。

ホイップするときに、卵液《たまごえき》の入《はい》ったボウルを、お風呂《ふろ》くらいの温度《おんど》のお湯《ゆ》につけてあためるの。これを〝湯煎《ゆせん》〟って言《い》うんだよ。

温《あたた》めた卵液《たまごえき》が、どんどん泡立《あわだ》っていく。手《て》がつかれたら、みんなで順番《じゅんばん》に泡立《あわだ》てていくんだ。

大《おお》きな泡《あわ》は細《こま》かくなり、黄色《きいろ》がかった液体《えきたい》が、もったりとしたクリーム色《いろ》になった。よしっ、できたぞ。

「ふるった粉《こな》を入《い》れるね。」

カノンが薄力粉《はくりきこ》を、サラサラとくわえた。わたしは、卵《たまご》の泡《あわ》をつぶさないよう、ササッと混《ま》ぜる。そして最後《さいご》にとかしたバターを混《ま》ぜたら、スポンジケーキの生地《きじ》のできあがりだよ。

素早《すばや》く直径《ちょっけい》十八センチのケーキ型《がた》に流《なが》し、百八十度《ど》のオーブンへ入《い》れた。

「焼《や》き時間《じかん》は、二十分《ぷん》ね。」

わたしはタイマーをセットして、フーッとため息《いき》をついた。

「次《つぎ》は、いちごのマリネだよ！」

カノンがいちごを出《だ》して言《い》った。スライスしてバットにならべ、グラニュー糖《とう》と少《すこ》しのレモン汁《じる》をふって、しっかりラップをかけた。

使《つか》った道具《どうぐ》を洗《あら》っていたら、いい香《かお》りがしてきた。卵《たまご》とバターの焼《や》ける、おいしそうなにおいだ。

ピッピッピッ！　オーブンが焼《や》きあがりを告《つ》げた。

「では、あけるよ！」

わたしは、オーブンの扉《とびら》をあけた。

ムラのない茶色《ちゃいろ》い焼《や》き色《いろ》、フワッともりあがったスポンジケーキがあらわれた。

「かんぺき、大成功《だいせいこう》！」

わたしたちは、顔《かお》を見合《みあ》わせた。

型《かた》からはずし、二時間《じかん》じっくり休《やす》ませた。

さぁ、仕上《しあ》げのデコレーションだ。

「クリームのホイップは終《お》わった。いちごマリネは、どうかな？」

カノンがバットを出《だ》した。

グラニュー糖《とう》がいちごの果汁《かじゅう》でとけて、ツヤツヤ。

「村木《むらき》、これすごい。色《いろ》も香《かお》りも味《あじ》も最高《さいこう》……。」

つまみ食《ぐ》いした渚《なぎさ》が、うっとりして言《い》った。

スポンジケーキを回転台《かいてんだい》へのせた。細《ほそ》くて長《なが》いナイフで、渚《なぎさ》が二枚《まい》に切《き》る。ホイップクリームをぬって、いちごマリネをしきつめた。

そこへクリームをぬって、スポンジケーキではさんだ。

「では、ナッペをするよ。」

カノンが、パレットナイフをにぎった。ナッペっていうのは、ホイップクリームを、ケーキの表面《ひょうめん》にぬることだよ。そのとき使《つか》う、刃《は》のないナイフをパレットナイフっていうの。

「やっぱ村木《むらき》はうまいなぁ。」

まっ白《しろ》になったケーキを見《み》て、渚《なぎさ》がつぶやいた。

仕上《しあ》げは飾《かざ》りしぼり。デザインは、もう決《き》めてある。わたしは、まるい口金《くちがね》をセットしたしぼり袋《ぶくろ》を持《も》った。ハートの右半分《みぎはんぶん》をシュッ、左半分《ひだりはんぶん》をシュッ！

カノンとかわりばんこで、クリームでハートを描《えが》いていく。白《しろ》くてかわいい六つのハー

トができた。

「最後《さいご》の仕上《しあ》げ……。」

渚《なぎさ》が、しんちょうにいちごをおいた。

「いちごのケーキ、できました！」

わたしたちは、声《こえ》を合《あ》わせて言《い》った。パティシエ見習《みなら》いとしてはじめて作《つく》ったケーキが、完成《かんせい》したんだ。

「よく、がんばりましたね。」

クロエ先生《せんせい》がほほえんだ。

——カランカラン。

玄関《げんかん》の扉《とびら》があく音《おと》がした。もう、約束《やくそく》の時間《じかん》だ。

「小山《こやま》さま、いらっしゃいませ。」

わたしとカノンは、お店《みせ》でお客《きゃく》さまをおむかえした。

「おまたせしました。」

渚《なぎさ》がケーキを運《はこ》んできた。

「ドキドキしてきた。ケーキのデザイン、気《き》に入《い》ってくれるかな？」

カノンが、わたしの耳《みみ》もとで言《い》った。わたしは、返事《へんじ》をするかわりに、カノンの手《て》をギュッとにぎった。

「すてきなデコレーションですね。ハートの飾《かざ》りしぼりと、つややかな赤《あか》いいちご。はでな飾《かざ》りのない、シンプルなケーキ。わたしの記念日《きねんび》にぴったりです。」

小山《こやま》さまが、うれしそうに言《い》った。

「ありがとうございます！　あの……、なんの記念日《きねんび》なのですか？」

わたしは、思《おも》いきってたずねた。

「……それより、このかわいいケーキを食《た》べ

たくなったわ。ここで切《き》りわけてください。」

えっ、ここで食《た》べちゃうの？　わたしはビックリしてクロエ先生《せんせい》を見《み》た。すると――。

「失礼《しつれい》ですが、お客《きゃく》さまはファッションデザイナーのリョウ・コヤマさまではありませんか？」

クロエ先生《せんせい》が、たずねた。

「ウソッ！　リョウ・コヤマさん!?　わたし、知《し》ってます。パリにアトリエがあるんですよね！」

オシャレ大好《だいす》きのカノンが興奮《こうふん》して言《い》った。

「はい、そうです。今日《きょう》は、わたしがデザイナーデビューした記念日《きねんび》なの。もう三十七年《ねん》まえのことです。」

なつかしそうに答《こた》えた。

「デザイナーデビュー記念日《きねんび》、おめでとうございます！」

渚《なぎさ》が切《き》りわけたケーキをおいた。

「ありがとう、いただきます。」

フォークが、スーッと縦《たて》に入《はい》った。

「キメの細《こま》かいスポンジケーキね。その中《なか》のいちごは、ひと工夫《くふう》してありますね。コクのあるクリームとのバランスもいいわ。素材《そざい》の味《あじ》が生《い》きています。おいしい……。」

うっとりとした顔《かお》で言《い》った。

「よかったです！　でも、記念日《きねんび》なら豪華《ごうか》なケーキのほうが似合《にあ》うのに、なぜいちごのケーキなのですか？」

カノンが質問《しつもん》した。

「記念日《きねんび》は、いちごのケーキと決《き》めているのよ。デザインで大切《たいせつ》なことは、素材《そざい》を生《い》かし、基本《きほん》をわすれないようにすること。いちごのケーキを食《た》べると、いそがしくてわすれがちな、大切《たいせつ》なことを思《おも》いだすの。」

「素材《そざい》と基本《きほん》──。洋服作《ようふくづく》りとケーキ作《づく》り、大切《たいせつ》なことは同《おな》じなんだな。」

渚《なぎさ》がしみじみと言《い》った。

「みなさん。じつはこの場所《ばしょ》が、わたしの最初《さいしょ》のお店《みせ》だったのですよ。」

思《おも》いもよらない小山《こやま》さまの言葉《ことば》に、サーッと鳥肌《とりはだ》が立《た》った。

世界《せかい》で活躍《かつやく》する小山《こやま》さまの最初《さいしょ》のお店《みせ》が、ここにあったの!?
力《ちから》がわいてきた。わたし、ぜったいパティシエになる!! この場所《ばしょ》で修業《しゅぎょう》したら、きっとなれるよ、ねっ☆

## いちごのマリネの作《つく》り方《かた》

①ヘタを取《と》り、サッと洗《あら》う。

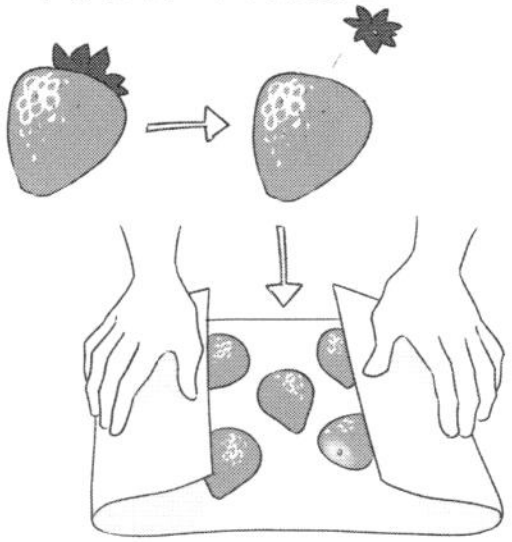

ペーパータオルなどで、
やさしく水分《すいぶん》をふき取《と》る。

②なにに使《つか》うかによって、切《き》ったり切《き》らなかったりする。
- 小粒《こつぶ》ならそのまま。
- ケーキの間《あいだ》にはさむなら、3～4切れにスライスしてバットにならべる。
- アイスクリームやプレーンヨーグルトといっしょに食《た》べるなら、3～4つのたて切《ぎ》りにして、ビンや保存《ほぞん》用《よう》ビニール袋《ぶくろ》に入れる。

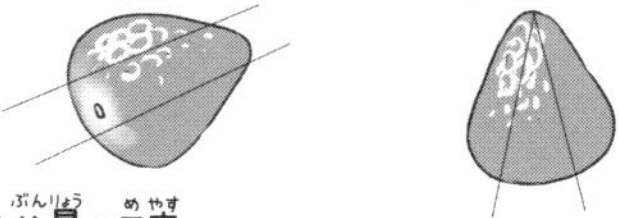


③分量《ぶんりょう》の目安《めやす》
いちご1パックに、グラニュー糖《とう》大《おお》さじ2～3。
レモン汁《じる》少々《しょうしょう》（あれば）。
これをいちごにからませて、30分《ぷん》くらいおくと、おいしくなるよ。
そのまま食《た》べるならグラニュー糖《とう》がとけて、全体《ぜんたい》がしっとりしたら食《た》べごろ。

アレンジとして（アイスクリームやヨーグルト向《む》き）
いちご1パック+はちみつ大《おお》さじ2～3+レモン汁《じる》（4分《ぶん》の1個分《こぶん》）またはいちご1パック+はちみつ大《おお》さじ2～3+バルサミコ酢《す》大《おお》さじ2。
※バルサミコ酢《す》とは、ぶどうから作《つく》られる果実酢《かじつす》

# レシピ① かぼちゃのプリン

★かぼちゃは、水分《すいぶん》が少《すく》なめで甘《あま》いものがオススメです。固《かた》いので切《き》るときは、おうちの人《ひと》に手伝《てつだ》ってもらってね。使《つか》う部分《ぶぶん》は大《おお》きいままラップして、1分《ぷん》くらい電子《でんし》レンジで加熱《かねつ》すると、切《き》り分《わ》けやすくなります。

　ペースト状《じょう》にするのはちょっと大変《たいへん》だけど、多《おお》めに作《つく》ってラップに包《つつ》んで、冷凍《れいとう》保存《ほぞん》すると便利《べんり》だよ。クッキー、スコーン、シフォンケーキなどに混《ま》ぜて、おいしいアレンジを広《ひろ》げてみて。使《つか》い切《き》る目安《めやす》は、1か月《げつ》です☆

## 材料《ざいりょう》

かぼちゃ……2分《ぶん》の1～4分《ぶん》の1個《こ》、ペースト状《じょう》にして180グラムになるように
牛乳《ぎゅうにゅう》……400cc《シーシー》
卵《たまご》……M寸《エムすん》5個《こ》(250グラム)
グラニュー糖《とう》……65グラム
【カラメル用材料《ようざいりょう》】
グラニュー糖《とう》……100グラム
水《みず》……小《こ》さじ2

**★下準備《したじゅんび》**　プリン型《がた》にバターを塗《ぬ》っておく。オーブンを160度《ど》に温《あたた》めておく。

**★作《つく》り方《かた》**

①かぼちゃのタネとワタを取《と》り、一口大《ひとくちだい》に切《き》る。皿《さら》に並《なら》べ、ラップをかけて電子《でんし》レンジで5～6分加熱《ぷんかねつ》する。目安《めやす》は一番《ばん》厚《あつ》い部分《ぶぶん》に竹串《たけぐし》がスッと入《はい》るまで。粗熱《あらねつ》が取《と》れたらスプーンで皮《かわ》からすくい取《と》り、裏《うら》ごしする。180グラムを取《と》り分《わ》ける。

②ボウルに卵《たまご》とグラニュー糖《とう》を入《い》れ、よく混《ま》ぜる。

③片手鍋《かたてなべ》に牛乳《ぎゅうにゅう》とグラニュー糖《とう》を入《い》れ、中火《ちゅうび》にかける。鍋《なべ》のまわりがフツフツしてきたら火《ひ》を止《と》めて冷《さ》ます。人肌《ひとはだ》（36〜37度《ど》くらい）になったら、②の中《なか》へ静《しず》かに加《くわ》える。

④シノワ（こし器《き》）でこし、①のかぼちゃペーストを加《くわ》えてヘラでよく混《ま》ぜる。

⑤④をザルでこし、10〜15分休《ふんやす》ませる。この間《あいだ》にカラメルを作《つく》る。

**★カラメルの作《つく》り方《かた》**

1．小《ちい》さな鍋《なべ》にグラニュー糖《とう》と小《こ》さじ１の水《みず》を入《い》れ、水《みず》がしみたら中火《ちゅうび》にかける。
2．グラニュー糖《とう》がとけ、フツフツと泡《あわ》がでるまで動《うご》かさない。泡《あわ》がうす茶色《ちゃいろ》になったらゆっくり鍋《なべ》を回《まわ》す。泡《あわ》がキツネ色《いろ》から茶色《ちゃいろ》に変化《へんか》したらすぐに火《ひ》を止《と》め、小《こ》さじ１の水《みず》を加《くわ》えて鍋《なべ》をゆすって出来上《できあ》がり。
3．出来上《できあ》がったカラメルは、置《お》いておくと固《かた》まるので、すぐにカップの中《なか》へ入《い》れる。

⑥カラメルを入《い》れたカップの中《なか》へ⑤を注《そそ》ぎ入《い》れる。小《ちい》さな泡《あわ》が出来《でき》たら、ティースプーンですくい取《と》る。
⑦オーブンの天《てん》パンに⑥を並《なら》べ、プリン型《がた》の３分《ぶん》の１の高《たか》さまで40度《ど》のお湯《ゆ》を張《は》り、30分蒸《ぷんむ》し焼《や》きにする。竹串《たけぐし》を刺《さ》し、生地《きじ》がついてこなかったら出来上《できあ》がり。粗熱《あらねつ》を取《と》り、冷蔵庫《れいぞうこ》で冷《ひ》やす。（監修《かんしゅう》／マウジー　三好由美子《みよしゆみこ》）

●「やけどに気《き》をつけて、おうちの人《ひと》と一緒《いっしょ》に作《つく》りましょうね。」

# 女王《じょおう》さまのプディング

# 1 すばる、マジメに考《かんが》える

わたしの通《かよ》っている皇子台小学校《おうじだいしょうがっこう》の校庭《こうてい》には、大《おお》きなイチョウの木《き》がある。

幹《みき》がすごく太《ふと》くて、三人《にん》で手《て》をつながないと一周《しゅう》できないんだよ。

入学式《にゅうがくしき》のとき、校長先生《こうちょうせんせい》が話《はな》してた。

「樹齢《じゅれい》、推定《すいてい》およそ百年《ねん》。皇子台小《おうじだいしょう》ができる、ずっとまえからこの場所《ばしょ》に立《た》っていて、みんなを見守《みまも》っている、S市《エスし》の大切《たいせつ》な樹《き》です。」ってね。

そのイチョウの葉《は》が、まっ黄色《きいろ》に色《いろ》づいてる。

「まるで黄色《きいろ》く燃《も》えているみたい……。」

わたしは、教室《きょうしつ》の窓《まど》から校庭《こうてい》を見《み》て思《おも》った。いまは六時間目《じかんめ》の授業中《じゅぎょうちゅう》だけどね。

こっそり頭《あたま》の休憩《きゅうけい》してるの。だって、算数《さんすう》は苦手《にがて》なんだもん。四年《ねん》一組《くみ》の教室《きょうしつ》は二階《かい》で、わたしの席《せき》は窓際《まどぎわ》のいちばんうしろ。眺《なが》めがよくて、つい窓《まど》の外《そと》を見《み》ちゃうんだ。

わぁ、風《かぜ》が吹《ふ》いて、イチョウの葉《は》っぱが空《そら》に舞《ま》いあがった。空色《そらいろ》に黄色《きいろ》、キレイだなぁ。

そろそろ秋《あき》が終《お》わり、冬《ふゆ》がはじまるんだね。

『終《お》わり』と『はじまり』って不思議《ふしぎ》だな。反対《はんたい》の意味《いみ》なのに、いつもいっしょだ。

そう言《い》えば……。

リョウ・コヤマさんのお店《みせ》が『終《お》わって』、クロエ先生《せんせい》のお店《みせ》が『はじまった』んだよね。あれ？『終《お》わる』から『はじまる』の？『はじまる』から『終《お》わる』のかな？

そもそも、クロエ先生《せんせい》のパティシエとしてのはじまりって、あのお店《みせ》じゃないよね。銀座《ぎんざ》でお店《みせ》をしていた、って言《い》ってた。名前《なまえ》は、なんだったかな……。

お店《みせ》の名前《なまえ》を考《かんが》えていたら、

「星野《ほしの》さん、窓《まど》の外《そと》は楽《たの》しいですか？」

めちゃくちゃ近《ちか》くで日下部先生《くさかべせんせい》の声《こえ》がした。

ハッと前《まえ》を見《み》た。うわぁ、目《め》の前《まえ》に日下部先生《くさかべせんせい》の顔《かお》……。

「何度《なんど》も名前《なまえ》を呼《よ》んだのですよ。授業《じゅぎょう》に集中《しゅうちゅう》できない人《ひと》は、明日《あした》は『特別席《とくべつせき》』へお引《ひ》っ越《こ》しです。」

日下部先生《くさかべせんせい》がキッパリ言《い》った。

クラスじゅうの視線《しせん》が、わたしに集《あつ》まった。

「そんなぁ……。」

頭《あたま》の中《なか》がまっ白《しろ》になった。


帰《かえ》りの会《かい》は、ほとんどきいていなかった。それだけショックなことなんだ。『特別席《とくべつせき》へお引《ひ》っ越《こ》し』ってね。

「はぁぁぁぁぁぁ。」

わたしは長《なが》い長《なが》い、ため息《いき》をついた。

「すばる、そんなに落《お》ちこまないで。とりあえず、帰《かえ》ろうよ。」

カノンがランドセルを右肩《みぎかた》にヒョイッとかけて言《い》った。

「うん……。」

ノロノロとランドセルを背負《せお》った。もう、いやっ。

「日下部先生《くさかべせんせい》、ヒドイよ。明日《あした》、学校休《がっこうやす》んじゃおうかな。」

わたしはブツブツ言《い》いながら、教室《きょうしつ》を出《で》た。

『特別席《とくべつせき》』、それは、日下部先生《くさかべせんせい》が考《かんが》えた四年《ねん》一組《くみ》のルール。授業中《じゅぎょうちゅう》うるさかったり、ボーッとしていた人《ひと》がすわる席《せき》なの。場所《ばしょ》は先生《せんせい》の教壇《きょうだん》のとなりなんだよ!?

みんなからジロジロ見《み》られて、一日《にち》をすごすの。ホントはずかしい。

「あーあ!!」

わたしは、ふてくされて階段《かいだん》をおりてる。前《まえ》を歩《ある》くカノンのランドセルの横《よこ》に下《さ》げた給《きゅう》食袋《しょくぶくろ》が、楽《たの》しそうに揺《ゆ》れている。

「派手《はで》だなぁ……。」

ツヤツヤしたまっ黒《くろ》い布《ぬの》に、ピカピカ光《ひか》るピンクのスパンコールでK《ケー》と刺繍《ししゅう》してある。

カノンのお手製《てせい》の給食袋《きゅうしょくぶくろ》だ。ランドセルがみんなと同《おな》じ赤《あか》だから、給食袋《きゅうしょくぶくろ》で〝個性《こせい》〟を出《だ》しているんだって。

〝オシャレ命《いのち》！〟のカノンらしい発想《はっそう》だね。

「すばる、明日《あした》ガンバレよ！」

うしろから渚《なぎさ》の声《こえ》がした。『四の二』と書《か》かれたボールを持《も》ってる。わたしが大変《たいへん》なことになっているのに、のんきに『残《のこ》り遊《あそ》び』するつもりなんだ。

なんか、ムカッときた。

「うるさいなー。」

わたしはプイッと横《よこ》を向《む》いた。

「だけどさ、すばるはなにを考《かんが》えてたの？　日下部先生《くさかべせんせい》、何回《なんかい》も名前《なまえ》、呼《よ》んでたのよ。」

カノンがわたしの顔《かお》をのぞきこんできいた。

「じつはね、『終《お》わり』と『はじまり』について考《かんが》えてたの。」

わたしは、マジメに答《こた》えた。

「『終《お》わり』と『はじまり』？」

渚《なぎさ》が不思議《ふしぎ》そうな顔《かお》をした。

「意味《いみ》わかんない。もう少《すこ》し説明《せつめい》してよ。」

カノンも首《くび》をかしげてる。

「あのことを思《おも》いだしてたの。ほら、リョウ・コヤマさんとクロエ先生《せんせい》のことだよ。」

わたしはふたりに説明《せつめい》した。

「リョウ・コヤマさんが言《い》った、あのことね。『ここは、わたしの最初《さいしょ》のお店《みせ》だった場所《ばしょ》なの。』感動《かんどう》したねー。世界的《せかいてき》なデザイナーがいた場所《ばしょ》で、わたしたちはお菓子作《かしづく》りを習《なら》っているのよ。」

カノンがウットリして言《い》った。

「うん、場所《ばしょ》はそのままで、お店《みせ》が『終《お》わったり、はじまったり。』するんだよね。そう思《おも》ったらクロエ先生《せんせい》の前《まえ》のお店《みせ》が気《き》になっちゃって。」

わたしは、昇降口《しょうこうぐち》の下駄箱《げたばこ》によりかかって答《こた》えた。

「それも気《き》になるけど、やっぱりわたしはリョウ・コヤマさんのことが気《き》になるな。特《とく》に東京《とうきょう》へ行《い》ってからのこと！　すばるふうに言《い》うと、『東京《とうきょう》のお店《みせ》のはじまり。』ね。」

カノンが、目《め》をキラキラさせて言《い》った。

「なるほど……。オレは、『緑色《みどりいろ》の屋根《やね》の家《いえ》のはじまり。』が気《き》になるな。あの家《いえ》がなければ、なにも『はじまらなかった。』かもしれないだろ。」

渚《なぎさ》がマジメな顔《かお》をして言《い》った。

「ねぇ、いろいろ気《き》になることを調《しら》べてみない？」

わたしはふたりに提案《ていあん》した。

「そうね、わたしはアンナお姉《ねえ》ちゃんにリョウ・コヤマさんのことをきいてみる。お姉《ねえ》ちゃん、ファッションの専門学校《せんもんがっこう》へ行《い》ってたのよ。」

カノンがニコッとした。

「オレ、じいちゃんにきいてみる。大工《だいく》ひとすじ六十年《ねん》だからな。あの家《いえ》のことを知《し》っているかもしれない。じゃっ！」

渚《なぎさ》がニカッと笑《わら》って、校庭《こうてい》へかけていった。

「わたしはパパにきいてみよう。クロエ先生《せんせい》のお菓子教室《かしきょうしつ》を教《おし》えてくれたのは、パパだったもんね。」

なんか、楽《たの》しくなってきた☆

『特別席《とくべつせき》』のことは、ひとまずわすれよう。クヨクヨしたって、状況《じょうきょう》は変《か》わらないもの。

いそいで上履《うわば》きをスニーカーにはきかえた。

「カノン、いそごう!」

わたしは、元気《げんき》に走《はし》りだした。

## 2 パパが語《かた》るクロエ先生《せんせい》

「ただいまー。」

わたしはリビングのドアをあけて元気《げんき》にあいさつした。

「おかえり、すばる。」

ソファーで本《ほん》を読《よ》んでいたパパが、顔《かお》を上《あ》げた。

「おやつ、できているよ。」

そう言《い》って、冷蔵庫《れいぞうこ》を指《ゆび》さした。

「うん！　ママはお出《で》かけ？」

わたしはいそいでランドセルをおいて、給食袋《きゅうしょくぶくろ》からお箸入《はしい》れを出《だ》し、キッチンにおいた。ついでに手《て》を洗《あら》って、うがいもしちゃった。ママがいたら、

「洗面所《せんめんじょ》でしなさーい！」

って注意《ちゅうい》されるんだけど、お留守《るす》だからね。さぁ、おやつはなにかな？　ウキウキして冷《れい》蔵庫《ぞうこ》のドアをあけた。

「わー、プリンだ。んっ、ふつうのプリンより濃《こ》い色《いろ》……。」

わたしはプリンを持《も》ってじっと見《み》た。

「かぼちゃのプリンだ。おいしそう☆」

これだから、月曜日《げつようび》って好《す》き。

わたしの家《いえ》は『スプーンとフォーク』という洋食屋《ようしょくや》さんを経営《けいえい》している。お店《みせ》の定休日《ていきゅうび》は月曜日《げつようび》。パパとママは、今日《きょう》がお休《やす》みだよ。ママはよくお出《で》かけするけど、パパは家《いえ》でノンビリしていることが多《おお》いんだ。

そしてときどきおやつを作《つく》ってくれるの。

「北海道《ほっかいどう》の友《とも》だちが、かぼちゃを送《おく》ってくれたんだ。たくさんあるから、明日《あした》はお店《みせ》でパンプキンスープを作《つく》ろうかな。」

パパが楽《たの》しそうに話《はな》して、白《しろ》いお皿《さら》を出《だ》した。

プリンをひっくりかえすためだよ。ねぇ、みんなはプリンをどうやって食《た》べる？ プリンの入《い》れ物《もの》から〝直接食《ちょくせった》べちゃう派《は》〟？ それとも器《うつわ》に〝ひっくりかえす派《は》〟？

そうか、やっぱり〝直接食《ちょくせった》べちゃう派《は》〟が多《おお》いのか……。カノンも渚《なぎさ》もそうなんだ。

我《わ》が家《や》は全員《ぜんいん》〝ひっくりかえす派《は》〟だよ。めんどくさそうって？

そんな人《ひと》は、一度《いちど》ひっくりかえしてみたらいいよ。絶対《ぜったい》カワイイし、おいしいからね。

あっ、クリーム・ブリュレとか、やわらかい系《けい》のプリンは、おすすめできないよ。むりすると、グチャグチャになっちゃうから。

ひっくりかえし方《かた》はね、まずスプーンの背《せ》でプリンを押《お》すんだ。プリン型《がた》の際《きわ》にそって、やさしくね。プリンと型《かた》の間《あいだ》にすきまを作《つく》るためだよ。

グルッと全体《ぜんたい》を押《お》したら、その上《うえ》にお皿《さら》をかぶせてね。そして右手《みぎて》でお皿《さら》、左手《ひだりて》でプリン型《がた》をしっかり持《も》って、グルッと上下《じょうげ》をひっくりかえすんだよ。

お皿《さら》をテーブルにおいて、ゆっくりプリン型《がた》を持《も》ちあげる。カラメルが、トローッと流《なが》れてきて……。やったぁ！ キレイにひっくりかえったよ。

「いただきます。」

やっぱりカラメルは、てっぺんになくちゃねー。スプーンですくって、パクッ！

「おいしいぃ。ちょっと苦《にが》くて甘《あま》いカラメルと、かぼちゃのプリンがバッチリ合《あ》ってる。」

わたしは、右手《みぎて》でパパにオッケーってしてみせた。

ホクホクして、プルプルして、最高《さいこう》だぁ☆

しあわせにひたっててわすれてた。わたし、パパにきくことがあったんだ。

「ねぇパパ、クロエ先生《せんせい》の銀座《ぎんざ》のお店《みせ》の名前《なまえ》って、なんだっけ？」

プリンをすくう手《て》を止《と》めてきいた。

「名前《なまえ》は『銀座《ぎんざ》プラネット』だけど……。とつぜんどうしたの？」

パパはビックリした顔《かお》をしてる。そして、ちょっと考《かんが》えて、サイドボードの引《ひ》きだしの中《なか》から小《ちい》さなアルバムを出《だ》した。

「これは、パパが東京《とうきょう》の世田谷《せたがや》にあるフランス料理店《りょうりてん》で修業《しゅぎょう》していたときの写真《しゃしん》だよ。いっしょに写《うつ》っているのは、お店《みせ》の仲間《なかま》だよ。」

ずいぶん古《ふる》いカラー写真《しゃしん》。コックコートを着《き》た人《ひと》、黒《くろ》い服《ふく》の人《ひと》、レースのエプロンをつけている人《ひと》、スーツ姿《すがた》の人《ひと》――。十人《にん》くらい写《うつ》ってる。

あっ、写真《しゃしん》の中《なか》のパパ、みっけ⁉

「パパったら坊主頭《ぼうずあたま》だよ。あれ、この人《ひと》はクロエ先生《せんせい》だ。どうしていっしょにいるの？」

ビックリした。ふたりとも、いまとぜんぜんちがう感《かん》じ。若《わか》いからかな？　キリッとしていて、ちょっとこわい。

「パパが働《はたら》いてたお店《みせ》の創立記念《そうりつきねん》パーティーに来《き》てくれたんだ。あれは十七年《ねん》まえかな。」

なつかしそうに写真《しゃしん》を見《み》てる。十七年《ねん》まえってことは、パパはいま四十二歳《さい》だから、これは二十五歳《さい》のパパなんだ！

「ねぇねえ、このクロエ先生《せんせい》はいくつなの？」

「うーん三十歳《さい》くらいかな？　キリッとしているだろう。たしか『天才女性《てんさいじょせい》パティシエ』って注目《ちゅうもく》されだしたころだよ。」

そう言《い》いながら、アルバムのページをめくってる。

「こっちは『銀座《ぎんざ》プラネット』の十周年記念《しゅうねんきねん》に招待《しょうたい》されたときの写真《しゃしん》だよ。」

カラーでお店《みせ》とクロエ先生《せんせい》が写《うつ》ってる。すみっこに２００５．10．17と数字《すうじ》がある。

「これが『銀座《ぎんざ》プラネット』……？」

古《ふる》そうな石造《いしづく》りのビルだ。濃《こ》いむらさき色《いろ》のひさしがステキ。すごく高級《こうきゅう》そうなお店《みせ》。子《こ》どもは入《はい》れない雰囲気《ふんいき》が、ビシバシ伝《つた》わってくるよ。

『お菓子《かし》のアトリエ　マダム・クロエ』とはぜんぜんちがう。っていうか、正反対《せいはんたい》だ。

お店《みせ》の前面《ぜんめん》はガラスばりで、お店《みせ》の中《なか》がよく見《み》える。ケーキをならべるショーケースもあるよ!?『お菓子《かし》のアトリエ　マダム・クロエ』には、ないのに……。

知《し》らないことを知《し》るって、ドキドキする。

それが、想像《そうぞう》とちがってたことだったら、よけいドキドキする。

ここに写《うつ》っているクロエ先生《せんせい》は、別人《べつじん》みたい。キュッと前髪《まえがみ》を上《あ》げて、肩《かた》まで伸《の》びた髪《かみ》を、ひとつくくりにしてる。メイクはしていないけど、細《ほそ》く整《ととの》えたまゆがりりしい。

クロエ先生《せんせい》のお店《みせ》の写真《しゃしん》や、パパの修業先《しゅぎょうさき》の写真《しゃしん》もたくさん見《み》た。自分《じぶん》がいなかったころの話《はなし》をいっぱいきいて、いまのわたし、こころがフワフワしてる。

「はい、オマケの写真《しゃしん》！　スピカとママだよ。」

パパが赤《あか》ちゃんを抱《だ》くママの写真《しゃしん》をさしだして、なつかしそうに笑《わら》った。

「これ、『ブスだからイヤ。』ってスピカねぇがかくしちゃった写真《しゃしん》だ。パパ、持《も》ってたの？」

ベビーのころのお姉《ねえ》ちゃん。プクプクに太《ふと》って、眉間《みけん》にしわをよせている。何度見《なんどみ》てもおもしろいわ。スピカねぇの名誉《めいよ》のために言《い》っておくけど、いまはスリムになってます。

「カワイイから、たくさんプリントしたんだ。こっちは、スーシェフになったころのパパと恒星《こうせい》だよ。」

スーシェフっていうのはね、シェフの次《つぎ》の人《ひと》。コック帽《ぼう》が高《たか》くなってカッコイイな。

「恒星《こうせい》は夜泣《よな》きがひどくてね。帰《かえ》りがおそいパパを寝《ね》かそうと、ママは恒星《こうせい》をチャイルドシートに乗《の》せて、夜中《よなか》のドライブに出《で》ていたんだよ。」

ね。

知《し》らなかった。いまの恒星《こうせい》にぃは、朝寝坊《あさねぼう》さん。いくら起《お》こしたって、起《お》きないのに
「おまたせしました。すばる登場《とうじょう》！」

わぁ、『スプーンとフォーク』の開店《かいてん》の写真《しゃしん》だ。かわいいベビーのわたしと、パパとマ
マ、一年生《ねんせい》のスピカねぇと幼稚園《ようちえん》の恒星《こうせい》にぃが写《うつ》ってる。
「パパもお店《みせ》をはじめてから銀座《ぎんざ》へはあまり行《い》ってなくて……。『銀座《ぎんざ》プラネット』が終《お》
わったときいたときは、なにかのまちがいだと思《おも》ったんだ。」
パパはアルバムに目《め》を落《お》としてしみじみ言《い》った。
「そう、それ！　パパ、なぜクロエ先生《せんせい》はとつぜん『銀座《ぎんざ》プラネット』を『終《お》わり』にし
てしまったの？」
わたしはパパの目《め》をグッと見《み》つめてきいた。
「それが謎《なぞ》なんだ――。人気店《にんきてん》だったから、閉店《へいてん》の理由《りゆう》がわからなくてさ。いろいろ噂《うわさ》が
出《で》て銀座《ぎんざ》は大《おお》さわぎだったたってきいてるよ。」

パパがアルバムをとじて言《い》った。

「そのクロエさんが『お菓子《かし》のアトリエ　マダム・クロエ』を開《ひら》くためにS市《エスし》に来《き》た。クロエさんには、おどろかされてばかりさ。」

パパが笑《わら》ってる。

わたしが、クロエ先生《せんせい》にお菓子《かし》作《づく》りを習《なら》っているのは、たくさんの『はじまり』と『終《お》わり』があったからなんだね。

パパにきいてよかった。いろんなことがわかったよ。

でも、いちばんおどろいたのは、クロエ先生《せんせい》が『銀座《ぎんざ》プラネット』を『終《お》わり』にした理由《りゆう》が、『謎《なぞ》』だってこと。

明日《あした》、カノンと渚《なぎさ》に教《おし》えたら、ふたりはどんな顔《かお》するかな？

# 3　ますます深《ふか》まるクロエ先生《せんせい》の謎《なぞ》

　そして、次《つぎ》の日《ひ》の朝《あさ》が来《き》た。わたしは朝《あさ》ごはんをパクパク食《た》べて、いそいで歯《は》をみがいて、はりきって家《いえ》を飛《と》びだした。

　カノンと渚《なぎさ》に話《はな》すことが、いっぱいあるからね。

「おはよー！」

　四年《ねん》一組《くみ》の教室《きょうしつ》の扉《とびら》をガラッとあけたら、教壇《きょうだん》のとなりに机《つくえ》がひとつ……。

　あぁあっ！　今日《きょう》のわたし、〝特別席《とくべつせき》へお引《ひ》っ越《こ》し。〟だったんだ。ヨロヨロと歩《ある》き、いちばん前《まえ》の席《せき》にすわった。

　一時間目《じかんめ》は国語《こくご》、二時間目《じかんめ》は社会《しゃかい》、三、四時間目《じかんめ》は図工《ずこう》……。給食《きゅうしょく》、掃除《そうじ》の時間《じかん》をはさんで五時間目《じかんめ》は苦手《にがて》な算数《さんすう》……。超《ちょう》マジメに授業《じゅぎょう》を受《う》けているから、すごくつかれる。

　わたし、朝《あさ》よりぜったいやせたような気《き》がする。ガンバレわたし、あと少《すこ》しで終《お》わるぞ。自分《じぶん》で自分《じぶん》を励《はげ》まして六時間目《じかんめ》の英語《えいご》を乗《の》りきった。

「これで、帰《かえ》りの会《かい》を終《お》わります。起立《きりつ》！　礼《れい》！」

「先生《せんせい》、さようなら、みなさん、さようなら。」

終《お》わった……。悪夢《あくむ》のような長《なが》い一日《にち》が、やっと終《お》わった。

わたしはイスにすわって、フーッとため息《いき》をついた。

教壇《きょうだん》のとなりの『特別席《とくべつせき》』って、ほんとうにつかれる。日下部先生《くさかべせんせい》にいちばん近《ちか》くて、まるで、ひとりで授業《じゅぎょう》を受《う》けているみたいだったんだよ。

ずーっとマジメにしていて、一秒《びょう》もよそ見《み》できなかったんだ。クラスじゅうのみんなに見《み》られていると思《おも》うと、緊張《きんちょう》してさ。

もう、こりごりだわ。

「星野《ほしの》さん、集中《しゅうちゅう》していましたね。『特別席《とくべつせき》』は終《お》わりです。明日《あした》からは、いつもの席《せき》へもどっていいですよ。くれぐれもよそ見《み》をしないように。」

日下部先生《くさかべせんせい》がキリッとした顔《かお》で言《い》った。

「はい。」

わたしも、なるべくキリッとした顔《かお》で返事《へんじ》をした。

よかった、明日《あした》からノンビリできる……。

「カノン、ねぇ、かのーん、つかれたー。」

わたしは机《つくえ》につっぷしたまま、カノンを呼《よ》んだ。

「おつかれさまでした。だけど休《やす》んでないで！　いそいで帰《かえ》って、ウチに集合《しゅうごう》☆　見《み》せたいものがあるの。」

カノンが、わたしの腕《うで》を引《ひ》っぱって言《い》った。

「わたしもパパに教《おし》えてもらったことがあるんだ！　渚《なぎさ》、今日《きょう》は残《のこ》り遊《あそ》びはパスしてよ。」

わたしはガバッと起《お》きて、『四の二』のボールを持《も》ってる渚《なぎさ》に言《い》った。

「一回勝負《かいしょうぶ》してから！　あとから行《い》くし！」

ドッジボール大好《だいす》きな渚《なぎさ》が大声《おおごえ》で返事《へんじ》をして、教室《きょうしつ》から出《で》ていった。


カノンの家《いえ》には、瓦屋根《かわらやね》のりっぱな門《もん》があるんだ。

門柱《もんちゅう》に『村木《むらき》』って書《か》かれた木《き》の表札《ひょうさつ》があって、その横《よこ》に古《ふる》いタイプのインターフォンがついている。

「…………」

いまね、インターフォンを押《お》したんだ。誰《だれ》もなにも言《い》わないけど、わたしはあせらない。いつものことだからね。

カノンの家《いえ》は、デーンとした和風《わふう》の造《つく》りで、とても広《ひろ》い。だから、インターフォンの返《へん》事《じ》がおそいんだ。

なぜこんなに広《ひろ》いのかって言《い》うと、村木家《むらきけ》は、江戸時代《えどじだい》からS市《エスし》に住《す》んでいる『きゅうか』だからなんだって。漢字《かんじ》で書《か》くと『旧家《きゅうか》』だよ。パパが教《おし》えてくれた。

親戚《しんせき》が近所《きんじょ》に大勢《おおぜい》いて、お正月《しょうがつ》はお年玉《としだま》がいっぱい集《あつ》まるんだって。

ついでに説明《せつめい》すると、わたしの家《いえ》は、わたしが生《う》まれるまえにパパとママがS市《エスし》にお家《うち》を買《か》って、引《ひ》っ越《こ》してきたんだ。

ママはオーストリア人《じん》と日本人《にほんじん》のハーフで、ウィーンと東京《とうきょう》で育《そだ》った。パパは、S市《エスし》の近所《きんじょ》のK市《ケーし》で生《う》まれたんだって。

パパのおばあちゃんとおじいちゃんはK市《ケーし》に住《す》んでいるけど、ママの親戚《しんせき》は遠《とお》くにいる人《ひと》ばかり。（いちばん遠《とお》くはウィーンに住《す》むおじいちゃんとおばあちゃん。）

つまり、わたしのお年玉《としだま》の集《あつ》まりは、すごーく悪《わる》いの。カノンがうらやましいよ。

もっとついでに言《い》うと、渚《なぎさ》の家《いえ》はおじいさんの代《だい》からS《エス》市《し》に住《す》んでいるんだって。従兄弟《いとこ》や親戚《しんせき》は、となりのI県《アイけん》にたくさんいるって言《い》ってたよ。

あっ、噂《うわさ》をすれば影《かげ》、渚《なぎさ》が来《き》た。

「すばる、渚《なぎさ》！　どうぞ入《はい》ってー。」

タイミングよくカノンがあらわれて、門《もん》をあけてくれた。飛《と》び石《いし》のならぶ庭《にわ》を通《とお》って、玄関《げんかん》へ。

「おじゃましまーす。」

カノンのママにあいさつして、長《なが》いろうかを歩《ある》いてカノンの部屋《へや》へ入《はい》った。

「いつ来《き》ても、広《ひろ》い家《いえ》だね。あっ、またもようがえしてる。まえ来《き》たとき、ピンクだらけだったのに――。」

ベッドカバーもカーテンも、いろんな色《いろ》が混《ま》ざった細《こま》かい花柄《はながら》になってる。

「キュートでしょ☆　リバティープリントのパッチワークよ。」

りばてぃ……？　なにを言《い》っているかわからないけど、話《はなし》が長《なが》くなるといけないから質《しつ》問《もん》はやめておこう。

「あのね、アンナおねぇちゃんに、リョウ・コヤマさんのことをきいたの。そしたら……これ見《み》て！」

そう言《い》いながら、雑誌《ざっし》を出《だ》した。古《ふる》いものから新《あたら》しいものまで、めちゃくちゃたくさんだ。

「えっと、いちばんはじめは、これね☆」

カノンが古《ふる》い雑誌《ざっし》を広《ひろ》げた。〝1983年《ねん》　注目《ちゅうもく》デザイナーのアトリエ訪問《ほうもん》〟っていう記《き》事《じ》だ。

「このリョウ・コヤマさん、わかーい、びじーん！」

渚《なぎさ》がおどろいてる。

「緑色《みどりいろ》の屋根《やね》！　クロエ先生《せんせい》のお店《みせ》ね。」

わたしはアトリエの写真《しゃしん》を見《み》て言《い》った。

リョウ・コヤマさんが布《ぬの》を切《き》っているテーブルは、クロエ先生《せんせい》がお客《きゃく》さまと打《う》ち合《あ》わせに使《つか》っているお店《みせ》のテーブルだよ。

なんか、ジーンとしてきた。

わたしたちが生《う》まれるずーっと昔《むかし》から、あのテーブルはあるんだ。

カノンは次々《つぎつぎ》と雑誌《ざっし》を広《ひろ》げ、リョウ・コヤマさんが東京《とうきょう》に引《ひ》っ越《こ》してからのアトリエの説明《せつめい》や、パリのアトリエの話《はなし》をしている。

オシャレのことになると、おしゃべりパワーが全開《ぜんかい》になるね。

「村木《むらき》、オレ、その話《はなし》、限界《げんかい》……。」

渚《なぎさ》が、もうダメって顔《かお》でつぶやいた。

「まだまだあるのにー。わかった、最後《さいご》にこの記事《きじ》のうしろを見《み》てよ。」

カノンの出《だ》した雑誌《ざっし》を、渚《なぎさ》がしぶしぶページをめくる。すると——。

『銀座《ぎんざ》プラネット』の特集記事《とくしゅうきじ》だ！

うすいパイ生地《きじ》が何層《なんそう》にも重《かさ》なったミルフィーユ、表面《ひょうめん》が鏡《かがみ》のようにツヤツヤしたチョコレートケーキ、絶妙《ぜつみょう》のこげ目《め》がおいしそうなアップルタルト、まっ白《しろ》い雪《ゆき》がかかったようなモンブラン……。見《み》たことのない、かっこいいデザインのケーキばかりだ。

「クロエ先生《せんせい》、昔《むかし》はこんなケーキを作《つく》っていたんだ。」

「なんか、キラキラしている。まぶしいくらいね。」

わたしと渚《なぎさ》は、顔《かお》を見合《みあ》わせてため息《いき》をついた。キリッと髪《かみ》を束《たば》ねたクロエ先生《せんせい》が、『銀座《ぎんざ》プラネット』で、こんなオシャレなケーキを作《つく》っていたなんて……。

「こんなにステキなケーキのお店《みせ》を、どうして『終《お》わり』にしたのかな？」

カノンが不思議《ふしぎ》そうな顔《かお》で言《い》った。

「うん。〝大人気店《だいにんきてん》〟とか〝行列《ぎょうれつ》の店《みせ》〟とか書《か》いてあるのになぁ。」

渚《なぎさ》が腕組《うでぐ》みしてる。

「わたしたちは『お菓子《かし》のアトリエ　マダム・クロエ』のパティシエ見習《みなら》いだもん。『銀《ぎん》座《ざ》プラネット終《お》わりの謎《なぞ》』の答《こた》えを、知《し》る権利《けんり》はあるよ。クロエ先生《せんせい》にきいてみよう。」

わたしはふたりに言《い》った。

「うんっ！　ミステリーみたいでドキドキするね。」

カノンがわたしの手《て》をグッとにぎって言《い》った。

「そうだな。気《き》になることがあると、お菓子作《かしづく》りに集中《しゅうちゅう》できないもんな。」

渚《なぎさ》がアゴに手《て》をあててうなずいた。

そうは言《い》ったけど、こころの中《なか》は落《お》ちつかない。胸《むね》の奥《おく》がチリチリする。渚《なぎさ》もカノンも、同《おな》じことを感《かん》じているみたい。

わたしたちは、誰《だれ》もしゃべらなくなった。

「えっと、オレの話《はなし》もスゴイぞ。」

渚《なぎさ》が沈黙《ちんもく》を破《やぶ》った。

「なんと、あの家《いえ》を建《た》てたのは——。オレのじいちゃんです！」

「えっ⁉」

「うそっ……。」

おどろいて、わたしもカノンも言葉《ことば》がでない。

「と言《い》っても、十五歳《さい》の見習《みなら》い大工《だいく》のときだけど。じいちゃんいまは七十五歳《さい》だから、あの家《いえ》は築《ちく》六十年《ねん》。つまり、一九五六年《ねん》に建《た》ったんだぜ。」

算数《さんすう》が得意《とくい》な渚《なぎさ》は、スラスラと数字《すうじ》を言《い》うけど、わたしの頭《あたま》の中《なか》はゴチャゴチャだ。

「ちょっと、書《か》くからまって！」

【1956年《ねん》　家《いえ》ができた】

と書《か》いた。

「そうそう、注文《ちゅうもん》した人《ひと》は大学《だいがく》の先生《せんせい》だって。」

【1956年《ねん》　家《いえ》ができた。注文《ちゅうもん》は大学《だいがく》の先生《せんせい》】

と書《か》き足《た》した。

「この雑誌《ざっし》によると、リョウ・コヤマさんがアトリエを開《ひら》いたのは1978年《ねん》で、渋谷《しぶや》へアトリエを移《うつ》したのが十年後《ねんご》よ。」

【1978年《ねん》　リョウ・コヤマさんがアトリエを開《ひら》く】

【1988年《ねん》　リョウ・コヤマさんがアトリエを閉《と》じる】

カノンがつづきを書《か》いた。わたしはパパから借《か》りたアルバムを見《み》せた。渚《なぎさ》が写真《しゃしん》のすみの数字《すうじ》を見《み》ながら、計算《けいさん》をして年表《ねんぴょう》を書《か》き足《た》してる。

【1995年《ねん》　銀座《ぎんざ》プラネット開店《かいてん》】

【1998年《ねん》　銀座《ぎんざ》プラネットのクロエ先生《せんせい》、天才女性《てんさいじょせい》パティシエとひょうばんになる】

【2005年《ねん》　銀座《ぎんざ》プラネット　10周年《しゅうねん》】
【2012年《ねん》　銀座《ぎんざ》プラネットとつぜんの閉店《へいてん》】
【2012年《ねん》『お菓子《かし》のアトリエ　マダム・クロエ』オープン】
「よしっ、『緑色《みどりいろ》の屋根《やね》の家年表《いえねんぴょう》』完成《かんせい》！」
渚《なぎさ》が満足《まんぞく》そうに言《い》った。だけど大切《たいせつ》な一行《いちぎょう》をわすれているよ。わたしは、
【渚《なぎさ》、カノン、すばる、見習《みなら》いパティシエになる】
とつけたした。

「ねぇ、リョウ・コヤマさんがアトリエを閉《と》じて、クロエ先生《せんせい》が引《ひ》っ越《こ》してくるまで、何《なん》年《ねん》もある。あの家《いえ》はどうなってたのかな？」

年表《ねんぴょう》を見《み》つめていたカノンがつぶやいた。

「クロエ先生《せんせい》が来《く》るまえは、映画関係《えいがかんけい》の人《ひと》が住《す》んでいたんだって。」

渚《なぎさ》がすかさず答《こた》えた。

「じつは住人《じゅうにん》が変《か》わるたびに、じいちゃんが家《いえ》の修理《しゅうり》や改築《かいちく》をしていたんだって。それか

ら、こんなことも言《い》ってた。『あの家《いえ》は、人《ひと》が行《い》き交《か》う交差点《こうさてん》みたいな家《いえ》さ。』ってね。」

渚《なぎさ》がマジメな顔《かお》で言《い》った。

藤森神社《ふじもりじんじゃ》の近《ちか》くに緑色《みどりいろ》の屋根《やね》の家《いえ》があるってことは、なんとなくわかっていた。だけど、クロエ先生《せんせい》にお菓子《かし》づくり作りを習《なら》うまで、気《き》にもとめなかった。

関係《かんけい》ないって思《おも》っていると、目《め》の前《まえ》にあることも見《み》えない。だけど関係《かんけい》あるって思《おも》うと、すぎたことでも、知《し》ることができるんだね。

今度《こんど》のレッスンでクロエ先生《せんせい》にたずねてみよう。

どうして人気《にんき》のお店《みせ》を閉店《へいてん》したの？　って。

『銀座《ぎんざ》プラネット終《お》わりの謎《なぞ》』、クロエ先生《せんせい》は教《おし》えてくれるかな？

# 4 教《おし》えて、クロエ先生《せんせい》

今日《きょう》は土曜日《どようび》。まちにまったクロエ先生《せんせい》のレッスンの日《ひ》だ。

すごく楽《たの》しみなんだけど、今日《きょう》はちょっとちがう気持《きも》ちが混《ま》ざってる。『銀座《ぎんざ》プラネット終《お》わりの謎《なぞ》』をきくって決《き》めているから。

すごい大人《おとな》の秘密《ひみつ》がかくされていたりして⁉

もしかしたら、クロエ先生《せんせい》がおこったりするかも……。でも、知《し》りたい。

いつもとちがうドキドキと一緒《いっしょ》に家《いえ》を出《で》た。

「いってきまーす。」

グングン自転車《じてんしゃ》をこいで、まちあわせ場所《ばしょ》の皇子台公園《おうじだいこうえん》についた。

桜《さくら》の葉《は》っぱがいっぱい落《お》ちている。赤《あか》と黄色《きいろ》、茶色《ちゃいろ》の混《ま》ざった秋《あき》の色《いろ》。風《かぜ》が吹《ふ》いて、カサカサと音《おと》をたててる。冷《つめ》たい風《かぜ》……マフラーしてくればよかったな。

「すばるー、おはよう！」

カノンの声《こえ》がした。

「オッス！　みんな時間《じかん》ぴったり、さぁ行《い》こうぜ。」

渚《なぎさ》が、公園《こうえん》の向《む》こう側《がわ》からさけんでる。

わたしたちは『お菓子《かし》のアトリエ　マダム・クロエ』をめざして走《はし》りだした。

「おはようございます！」

わたしは玄関《げんかん》の扉《とびら》をグイッと押《お》した。

――カラン、カラン。

扉《とびら》についているベルを鳴《な》らして中《なか》へ入《はい》る。

あれ？　クロエ先生《せんせい》がいない。いつもだったら、お店《みせ》でまってくれているのに。シーンとしている。

「キッチンかな？」

カノンが、お店《みせ》とキッチンをつなぐ赤《あか》いドアに向《む》かって歩《ある》きだした。

「いっ、痛《いた》い！　なんなの、この箱《はこ》!?」

とつぜんさけんだ。床《ゆか》に木箱《きばこ》がおいてある。これにつまずいたんだ。よく見《み》たら、木箱《きばこ》はあちこちにおいてある。どれも古《ふる》そうで、外国語《がいこくご》のラベルが貼《は》ってある。なにが入《はい》っているのかな？

「なぁ、ここ見《み》て……。」

渚《なぎさ》が本棚《ほんだな》を指《ゆび》さした。えっ⁉

ギッシリならんでいたお菓子《かし》の本《ほん》が、なくなっている。

「床《ゆか》に木箱《きばこ》はあるし、本棚《ほんだな》はスカスカ……。まるで、引《ひ》っ越《こ》しの準備《じゅんび》みたいじゃん。」

渚《なぎさ》がつぶやいた。

「えーっ！　クロエ先生《せんせい》が引《ひ》っ越《こ》すの!?」

わたしは思《おも》わずさけんでしまった。

クロエ先生《せんせい》に『銀座《ぎんざ》プラネット』の『終《お》わり』の話《はなし》をきこうとしたのに。

『お菓子《かし》のアトリエ　マダム・クロエ』の『終《お》わり』の話《はなし》になっちゃうの!?　心配《しんぱい》で心臓《しんぞう》がドキドキしてきた。

「そんなぁ……。」

カノンが泣《な》きそうな顔《かお》をしてる。

「じいちゃんが言《い》ってたとおりだ。『――あの家《いえ》はいろんな人《ひと》が行《い》き交《か》う交差点《こうさてん》みたいな家《いえ》なんだ。』」

渚《なぎさ》がつぶやいた。

そのとき――。

――ガタガタガタッ!!

お店《みせ》の奥《おく》から、とつぜん大《おお》きな物音《ものおと》がした。

「いまの音《おと》、なに……？」

カノンの顔《かお》が引《ひ》きつってる。

「もしかして、泥棒《どろぼう》!? 警察《けいさつ》、ひゃ、一一〇番《ばん》!」

渚《なぎさ》がさけんだけど――。

「ちょっとまって。見《み》にいこう……。」

わたしは本棚《ほんだな》の横《よこ》にあるドアに向《む》かって言《い》った。このドアの奥《おく》に、クロエ先生《せんせい》の部屋《へや》へつづくろうかがかくれているんだ。

まるい金属《きんぞく》のドアノブをギュッとにぎった。

「わっ、冷《つめ》たい……。」

グッと押《お》してみた。ドアはあかない。ドアノブを右《みぎ》にまわしてみたら、カチャッとドアがあいた。目《め》の前《まえ》にろうかがあらわれた。ここから先《さき》は、入《はい》ったことがない。

「行《い》くよ。」

わたしはスニーカーをぬいで、うすぐらいろうかを進《すす》んだ。後《あと》からカノンと渚《なぎさ》がついてくる。正面《しょうめん》にまたドアが見《み》えた。

右側《みぎがわ》のかべにラックがあって、クロエ先生《せんせい》のコックコートとコック帽《ぼう》がかけてある。左《ひだり》側《がわ》に鏡《かがみ》だ。ここで身《み》だしなみを整《ととの》えてお店《みせ》に出《で》るんだ——。

「カワイイ！　ペパーミントグリーンのドアにガラスのドアノブよ。」

ずっとだまっていたカノンが、正面《しょうめん》のドアを見《み》てうれしそうな声《こえ》で言《い》った。

「村木《むらき》、いまは〝カワイイ〟とか言《い》ってる場合《ばあい》じゃないだろっ。」

渚《なぎさ》はキリッとして言《い》って、部屋《へや》の中《なか》のようすをうかがおうと、ドアに耳《みみ》をあてた。

「……クロエ先生《せんせい》の、うめき声《ごえ》がきこえるぅ！」

目《め》をむく渚《なぎさ》を押《お》しのけて、わたしはグイッとドアをあけた。

「クロエ先生《せんせい》っ！」

「まぁ、みなさん。痛《いた》い……、踏《ふ》み台《だい》から落《お》ちてしまって。」

クロエ先生《せんせい》が腰《こし》をさすりながら言《い》った。

床《ゆか》に本《ほん》がちらばってる。これは、お店《みせ》の本棚《ほんだな》にならんでいたお菓子《かし》の本《ほん》だ。

「やっぱり、引《ひ》っ越《こ》しの準備《じゅんび》だ……。」

渚《なぎさ》がくちびるをキッとかんでつぶやいた。

「クロエ先生《せんせい》、どこへ行《い》くつもりなんですか？」

「どうしてだまって行《い》こうとするの？」

わたしたちは必死《ひっし》できいた。

「わたしが引《ひ》っ越《こ》し？　ちがいますよ！」

クロエ先生《せんせい》が見《み》たこともないほど、おどろいた顔《かお》で言《い》った。

「お店《みせ》のもようがえです。レッスンまでにすませて、みなさんをおどろかせようと思《おも》っていたのですが、まにあわなくて……。」

クロエ先生《せんせい》が、てれくさそうに笑《わら》った。

「えっ、もようがえ？」

「これ、もようがえなんだ……。」

わたしと渚《なぎさ》は顔《かお》を見合《みあ》わせた。

「渚《なぎさ》、一一〇番《ばん》しないでよかったね。」

カノンがホッとした顔《かお》で言《い》った。

「心配《しんぱい》させてごめんなさい。じつはずっと気《き》になっていたの。お客《きゃく》さまと打《う》ち合《あ》わせする場所《ばしょ》と、みなさんがお勉強《べんきょう》する場所《ばしょ》が同《おな》じですからね。お菓子《かし》のお勉強《べんきょう》は、奥《おく》のリビングを使《つか》ったらいいと思《おも》ったの。」

楽《たの》しそうにクロエ先生《せんせい》が言《い》った。えっ、ここで⁉

わたしたちは、ていねいにお部屋《へや》を見《み》まわした。

お日《ひ》さまがいっぱい入《はい》ってくる大《おお》きい窓《まど》。レースのついた、白《しろ》いカーテンがステキ。

まっ白《しろ》いかべに、美《うつく》しい風景画《ふうけいが》がたくさんかけてある。

お店《みせ》とおそろいの古《ふる》い本棚《ほんだな》。

ピカピカにみがかれた、古《ふる》い木《き》の床《ゆか》。

天井《てんじょう》から下《さ》がる、べっこう飴《あめ》みたいな色《いろ》をしたガラスの照明器具《しょうめいきぐ》。そして、四人《にん》がけの丸《まる》い机《つくえ》と背《せ》もたれつきのイス。

こんなステキなお部屋《へや》で、お菓子《かし》のお勉強《べんきょう》やレシピの研究《けんきゅう》ができるなんて……。

「ありがとうございます。みんな、おかたづけのお手伝《てつだ》いをしよう！」

わたしは、はりきって言《い》った。

クロエ先生《せんせい》のリビングとお店《みせ》、二か所《しょ》のもようがえだ。

リビングの本棚《ほんだな》に、お店《みせ》から移動《いどう》した本《ほん》をならべた。

スペースが空《あ》いたお店《みせ》の本棚《ほんだな》には、クロエ先生《せんせい》の集《あつ》めた海外《かいがい》のティーセットとケーキ皿《ざら》を飾《かざ》った。

「村木《むらき》がつまずいた木箱《きばこ》は、ティーカップが入《はい》っていたんだ。割《わ》れなかったのは奇跡《きせき》だぜ。」

渚《なぎさ》がカップをとりだしながら言《い》った。

ほかの木箱《きばこ》にはケーキ皿《ざら》が入《はい》ってた。

ピンク、白《しろ》、ペパーミントグリーン、バラのもよう、水玉《みずたま》もよう——。カラフルなケーキ皿《ざら》は、色《いろ》のバランスを考《かんが》えながら、お皿立《さらた》てにならべたよ。

「お皿《さら》を眺《なが》めて『どんなケーキが似合《にあ》うかな？』って、想像《そうぞう》するだけで楽《たの》しいわ☆」

カノンがうっとりしてる。

「打《う》ち合《あ》わせに来《き》たお客《きゃく》さま、きっとよろこんでくれるね。」

わたしも大満足《だいまんぞく》だ。

「みなさん、ほんとうにありがとう。レッスンのはずが、お手伝《てつだ》いになってしまいました。さぁ、奥《おく》のリビングでお茶《ちゃ》にしましょう。」

そう言《い》ってニッコリ笑《わら》った。

紅茶《こうちゃ》とココナッツ入《い》りのクッキーが運《はこ》ばれてきた。

「あの、クロエ先生《せんせい》にききたいことがあるんです。銀座《ぎんざ》のお店《みせ》、プラネットのことです。」

わたしは思《おも》いきって話《はな》しはじめた。

紅茶《こうちゃ》をそそぐクロエ先生《せんせい》の手《て》が、一瞬《いっしゅん》止《と》まった。

「テレビや雑誌《ざっし》にいっぱいのっていた、超人気店《ちょうにんきてん》を『終《お》わり』にしたのは、なぜですか？」

一気《いっき》に言《い》って、じっとクロエ先生《せんせい》を見《み》つめた。

クロエ先生《せんせい》がティーカップをさしだして、だまってわたしを見《み》つめてる。

どうしよう……。きいちゃいけないことをきいたのかも!?

ドキドキが止《と》まらない。

# 5　クロエ先生《せんせい》、『銀座《ぎんざ》プラネット』について語《かた》る

「『銀座《ぎんざ》プラネット』の『終《お》わり』、それは……。」

わたしは話《はな》しはじめた。だけど、こころの中《なか》はまよっている。どう話《はな》せばいいのかしら。考《かんが》えはじめた、そのとき——。

ガタ、ガタッ！

東《ひがし》むきの窓《まど》が、とつぜんあいた。

「うわっ！」

三人《にん》がいっせいに窓《まど》を見《み》た。

「ごめんなさい、おどろかせて。ときどきこうなるのよ。観音開《かんのんびら》きでステキな窓《まど》だけど、ちょっと古《ふる》くて。風《かぜ》がある日《ひ》は勝手《かって》にあいてしまうの。」

大《おお》きくあいた窓《まど》を閉《と》じようとしたとき、赤《あか》い葉《は》が一枚《まい》、部屋《へや》の中《なか》に舞《ま》いこんだ。

「まぁ、これはトウカエデの葉《は》。」

赤《あか》い葉《は》を手《て》にとったら、わたしのこころの奥《おく》にしまっていた記憶《きおく》がよみがえった。

「あの日《ひ》もトウカエデが赤《あか》く色《いろ》づいていたわ……。」

そうだわ、まようことはない。すべて話《はな》しましょう。

「その質問《しつもん》に答《こた》えるには『あのできごと』をお話《はな》ししないといけません。少《すこ》し長《なが》くなりますが、きいてくれますか？」

わたしは、背《せ》すじをシャンとのばして言《い》った。


「お店《みせ》の名前《なまえ》は『銀座《ぎんざ》プラネット』だけど、はじまりは銀座《ぎんざ》ではないのよ。」

「ちがう場所《ばしょ》の名前《なまえ》をつけたってこと？」

星野《ほしの》さんがきいた。

「じゃあ『プラネット』だけでよかったんじゃない？」

村木《むらき》さんが不思議《ふしぎ》そうな顔《かお》をしている。

「別《べつ》に『銀座《ぎんざ》』ってつけなくても――。」

山本《やまもと》くんが真剣《しんけん》な顔《かお》できいた。

「銀座《ぎんざ》でお店《みせ》を出《だ》すことを目標《もくひょう》にしていたからよ。このお店《みせ》を大《おお》きくして、いつか銀座《ぎんざ》へ行《い》く。だから『銀座《ぎんざ》プラネット』とつけたの。」

二十年以上《ねんいじょう》まえ、こころに誓《ちか》った気持《きも》ちを思《おも》いだして答《こた》えた。

「銀座《ぎんざ》にはない『銀座《ぎんざ》プラネット』で、いつもひとりでお菓子《かし》を作《つく》って、お菓子《かし》を売《う》っていたわ。」

わたしは、話《はなし》をはじめた。

「いつもひとりで？　大変《たいへん》だったんだな……。」

山本《やまもと》くんが、むずかしい顔《かお》をしてつぶやいた。

「大変《たいへん》だったけど楽《たの》しかったわ。目標《もくひょう》がハッキリしていると、がんばれるものよ。」

すぎた日々《ひび》の気持《きも》ちを思《おも》いだしながら、答《こた》えた。

「この写真《しゃしん》のりっぱな『銀座《ぎんざ》プラネット』になるまで、どれくらい大変《たいへん》だったの？」

星野《ほしの》さんが写真《しゃしん》を出《だ》してきいた。

「なつかしいわ……。これは念願《ねんがん》の銀座《ぎんざ》へ引《ひ》っ越《こ》したときの写真《しゃしん》です。開店《かいてん》十周年《しゅうねん》を銀座《ぎんざ》で祝《いわ》うことができてうれしくてね。大変《たいへん》なことは、全部《ぜんぶ》わすれてしまいました。」

わたしは、写真《しゃしん》の中《なか》の〝自分《じぶん》〟を見《み》つめながら答《こた》えた。

「ここでの毎日《まいにち》は、どんなだったの？」

「お店《みせ》には何人《なんにん》の人《ひと》が働《はたら》いていたの？」

「わたしたちみたいな見習《みなら》いパティシエはいたの？」

キラキラした瞳《ひとみ》で、三人《にん》は次々《つぎつぎ》と質問《しつもん》してくる。

「知《し》りたいことが山《やま》ほどあるのね。さぁ、すわってください。いまからみなさんを『銀座《ぎんざ》プラネット』へ連《つ》れていってあげましょう。よくきいて想像《そうぞう》してくださいね。」

村木《むらき》さん、星野《ほしの》さん、山本《やまもと》くんが、イスに腰《こし》かけてうなずいた。

「『銀座《ぎんざ》プラネット』は、銀座《ぎんざ》のK通《ケーどお》りのビルの一階《かい》にありました。昭和初期《しょうわしょき》に建《た》てられたこのビルは、外《そと》は石造《いしづく》りで内装《ないそう》は木造《もくぞう》のめずらしい建物《たてもの》でね。デザインがとても美《うつく》しかったのよ。

お店《みせ》の前《まえ》には街路樹《がいろじゅ》のトウカエデの木《き》があって、秋《あき》になると葉《は》がまっ赤《か》に染《そ》まっていたわ。お店《みせ》のひさしを濃《こ》いむらさき色《いろ》にしたのは、トウカエデと色《いろ》を合《あ》わせたからなのよ。新緑《しんりょく》の季節《きせつ》の緑色《みどりいろ》とむらさき、紅葉《こうよう》の季節《きせつ》の赤色《あかいろ》とむらさき――。どちらも似合《にあ》ってステキでしたよ。

お店《みせ》の営業《えいぎょう》は、土曜《どよう》、日曜《にちよう》、月曜《げつよう》、火曜日《かようび》の四日間《よっかかん》だけ。あとの三日間《みっかかん》は、ケーキのためにスタッフ全員《ぜんいん》で材料《ざいりょう》の〝仕込《しこ》み〟をしていました。」

わたしは言葉《ことば》を切《き》って、三人《にん》を見《み》つめた。

「四日間《よっかかん》しか開《ひら》かないお店《みせ》なんて、きいたことない！」

静《しず》かにきいていた村木《むらき》さんが、目《め》をまるくして言《い》った。

「〝仕込《しこ》み〟って、準備《じゅんび》でしょ。クロエ先生《せんせい》、三日間《みっかかん》もかけてなにを準備《じゅんび》していたの？」

山本《やまもと》くんがむずかしい顔《かお》できいた。

わたしはあのころのキッチンを思《おも》いうかべた。

「仕事《しごと》はたくさんありました。たとえば、大量《たいりょう》のアーモンドやクルミをローストして、パティシエ全員《ぜんいん》でうすい皮《かわ》をむいたり、旬《しゅん》の果物《くだもの》のコンフィチュールやシロップ作《づく》りです。

ケーキに必要《ひつよう》な材料《ざいりょう》は、できるかぎり手作《てづく》りにしていました。

もちろん材料業者《ざいりょうぎょうしゃ》さんから、買《か》うことができます。でも、理想《りそう》の香《こう》ばしさ、色《いろ》と風味《ふうみ》を求《もと》めたら、一《いち》から作《つく》るしかありませんからね。

ときには、理想《りそう》の果物《くだもの》を求《もと》めて生産農家《せいさんのうか》の農園《のうえん》まで買《か》いつけに行《い》ったりしました。

すべては、お客《きゃく》さまのため。

最高《さいこう》の材料《ざいりょう》と洗練《せんれん》されたケーキ・デザイン、それを理解《りかい》してくれるお客《きゃく》さまのために『銀座《ぎんざ》プラネット』があったのですよ。」

わたしは、いそがしかった日々《ひび》を思《おも》いだしながら語《かた》りつづけた。

「それじゃ、すごく高《たか》いケーキだったんだね。」

「うん、リョウ・コヤマさんと出会《であ》った〝スイーツ・フェア〟のケーキみたいにな。」

山本《やまもと》くんと星野《ほしの》さんが、顔《かお》を見合《みあ》わせて言《い》った。

「ええ、価格《かかく》が高《たか》いと言《い》って、買《か》わずにお帰《かえ》りになるお客《きゃく》さまもいました。でもね〝銀座《ぎんざ》プラネットなら高《たか》くてもしかたがない。〟〝銀座《ぎんざ》プラネットのケーキを食《た》べることが夢《ゆめ》です。〟と、言《い》われるまでになったのです。

最高《さいこう》のケーキの素材《そざい》にこだわり、作業《さぎょう》の手間《てま》を惜《お》しまず、『銀座《ぎんざ》でいちばんのケーキ』をめざしていましたからね。

営業時間《えいぎょうじかん》は十一時《じ》から十八時《じ》。だけどケーキが売《う》りきれたら営業時間内《えいぎょうじかんない》でも閉店《へいてん》にしました。毎朝《まいあさ》九時《じ》にスタッフ六人全員《にんぜんいん》でミーティングです。予約確認《よやくかくにん》、注意《ちゅうい》や連絡事項《れんらくじこう》を伝《つた》えて一日《いちにち》がはじまりました。

わたしひとりががどんなにがんばっても、大《おお》きくなった『銀座《ぎんざ》プラネット』は成《な》り立《た》ちません。ケーキ作《づく》りにはチームワークがとても大切《たいせつ》なの。みなさんなら、もうわかっていますよね。」

そう言《い》って星野《ほしの》さん、村木《むらき》さん、山本《やまもと》くんの顔《かお》を見《み》た。

「みなさん。ケーキ作《づく》りで大切《たいせつ》なことは、なんでしたか？」

わたしは質問《しつもん》した。

「『味《あじ》の組《く》み立《た》て』です。」

「ケーキは、タテを食《た》べるからね。」

星野《ほしの》さんと村木《むらき》さんが答《こた》え、山本《やまもと》くんが力強《ちからづよ》くうなずいた。

「そうです。いくつものパーツを重《かさ》ねて、おいしくて、新《あたら》しい味《あじ》を作《つく》ることがパティシエの腕《うで》のみせどころです。銀座《ぎんざ》プラネットの『味《あじ》の組《く》み立《た》て』はとても複雑《ふくざつ》で繊細《せんさい》でした。三人《にん》のパティシエたちが、わたしのレシピどおりにケーキのパーツを作《つく》り、わたしがパーツを重《かさ》ねて完成《かんせい》させます。でもね、最後《さいご》の飾《かざ》りつけは、わたしが指示《しじ》をしてスーシェフにまかせていました。なぜだと思《おも》いますか？」

質問《しつもん》して、わたしは冷《さ》めたミルクティーをひと口《くち》飲《の》んだ。

「飾《かざ》りつけって楽《たの》しいのに。なぜ自分《じぶん》でしないのか、わからないわ。」

デコレーションが大好《だいす》きな村木《むらき》さんが、むずかしい顔《かお》できいた。

「たとえば飾《かざ》りつけに三十分《ぷん》かかるとしましょう。その三十分《ぷん》があれば、わたしはお客《きゃく》さまの前《まえ》に出《で》るようにしていたの。

それが『銀座《ぎんざ》プラネット』にとって重要《じゅうよう》だったから。

〝カリスマ・パティシエ。〟〝銀座《ぎんざ》でいちばん手《て》に入《はい》らないケーキ。〟噂《うわさ》が噂《うわさ》を呼《よ》び、わたしのお店《みせ》はいつもお客《きゃく》さまであふれていましたから。」

にぎわう店《みせ》を思《おも》いだして言《い》った。

「ケーキの仕上《しあ》げより、大切《たいせつ》なの？」

星野《ほしの》さんがおどろいてきいた。

「あのときは、大切《たいせつ》でした。お店《みせ》に出《で》て、ならんでいるお客《きゃく》さまに話《はな》しかけるの。〝本日《ほんじつ》はありがとうございます。おまたせしていて、申《もう》し訳《わけ》ありません。〟とね……。不思議《ふしぎ》なことに、わたしがあやまると、みなさん笑顔《えがお》になったの。それどころか、写真《しゃしん》撮影《さつえい》をたのまれたりして。

〝今日《きょう》は、買《か》えるかしら？〟〝わたしは三度《ど》もならんでいるの。〟

ため息混《いきま》じりで話《はな》す、お客《きゃく》さまの会話《かいわ》をきいて『誇《ほこ》らしい。』と思《おも》っていたの。ならんでくれているお客《きゃく》さまの期待《きたい》にこたえないと！　お買《か》い求《もと》めになったとき、がっかりさせないよう、もっとすばらしい材料《ざいりょう》で、もっと複雑《ふくざつ》な組《く》み立《た》てで！　そうがんばっていたら、ますます人気《にんき》になり――。

いっしょうけんめいスタッフと作《つく》っていても、ケーキはいつも品不足《しなぶそく》……。なにも買《か》えず帰《かえ》るお客《きゃく》さまもいらっしゃったわ。

〝なかなか手《て》に入《はい》らない。それが『銀座《ぎんざ》プラネット』のケーキ。〟

いつの間《ま》にか、手《て》に入《はい》らないことが価値《かち》になっていたの。」

こころの奥《おく》にしまっていた、甘《あま》くて苦《にが》い思《おも》い出《で》を、正直《しょうじき》に話《はな》した。小学生《しょうがくせい》だけど、この子《こ》たちはパティシエ見習《みなら》い。

いまはむずかしい話《はなし》かもしれないけれど、いつか理解《りかい》してくれる。そう信《しん》じて――。

# 6 わすれられない一日《にち》

「ちょっとまって、クロエ先生《せんせい》。このお話《はなし》ステキすぎます！」

村木《むらき》さんがイスから立《た》ち上《あ》がって言《い》った。

「うん、わたしもそう思《おも》う。『銀座《ぎんざ》プラネット』、かっこいいわ。」

「これって、『スイーツ界《かい》の伝説《でんせつ》』じゃん。お店《みせ》を終《お》わりにする理由《りゆう》がひとつもわからないな。」

星野《ほしの》さんと山本《やまもと》くんも不思議《ふしぎ》そうな顔《かお》をしてる。

「『スイーツ界《かい》の伝説《でんせつ》』!?　そんなふうに思《おも》ってくれて、どうもありがとう。じつはわたしも、そう思《おも》っていましたよ。〝あのできごと〟がおこるまでは……。」

わたしは、〝あのできごと〟を話《はな》しはじめた。

「街路樹《がいろじゅ》のトウカエデが赤《あか》く色《いろ》づいたころでした。お店《みせ》は営業日《えいぎょうび》でしたが、出張《しゅっちょう》パティシエの予約《よやく》が入《はい》っていました。

出張先《しゅっちょうさき》のお客《きゃく》さまは、中神《なかがみ》さまといいました。銀座《ぎんざ》に移《うつ》ってからのお得意《とくい》さまで、会社《かいしゃ》をいくつも経営《けいえい》している方《かた》です。

お得意《とくい》さまのホームパーティーでスイーツを作《つく》ることは、ときどきありました。いそがしい方《かた》たちは、ならんでケーキを買《か》うより、パティシエを家《いえ》に呼《よ》ぶほうが効率的《こうりつてき》ですからね。」

オシャレなことが大好《だいす》きな村木《むらき》さんと、目《め》が合《あ》った……。

「クロエ先生《せんせい》、パーティーは銀座《ぎんざ》？　渋谷《しぶや》？　青山《あおやま》？　くわしく教《おし》えてください！」

キリッと言《い》った。

「はい。その日《ひ》の朝《あさ》、お店《みせ》のマネージャーの続木《つづき》さんと打《う》ち合《あ》わせをしました。こんな会《かい》話《わ》だったと思《おも》います。

『マダム・クロエ、わたしはお店《みせ》が落《お》ちつきましたら、材料《ざいりょう》をつみこんであとからまいります。』『はい、続木《つづき》マネージャー、お願《ねが》いしますね。本日《ほんじつ》は渋谷《しぶや》のご自宅《じたく》ではなく、伊豆《いず》の別荘《べっそう》です。七歳《さい》になるご子息《しそく》のバースデーパーティーです。』ってね。」

村木《むらき》さんが、前《まえ》のめりできいている。

「マネージャーと打《う》ち合《あ》わせをしていたら、中神夫人《なかがみふじん》がお店《みせ》へ入《はい》ってきました。いそがしいご主人《しゅじん》と別荘《べっそう》でまちあわせとか……。中神夫人《なかがみふじん》の運転《うんてん》で、わたしはパーティーの主役《しゅやく》、真秀《ましゅう》くんと後部座席《こうぶざせき》に乗《の》りこみました。

いつもの出張《しゅっちょう》パティシエなら、自分《じぶん》の車《くるま》で行《い》くのですが、今回《こんかい》は、『息子《むすこ》がひとりでかわいそうだから、いっしょに車《くるま》に乗《の》ってほしい。』と、たのまれたの。

『いつもさびしい思《おも》いをさせているから、今日《きょう》の真秀《ましゅう》のバースデーは、仕事《しごと》から完全《かんぜん》にはなれて伊豆《いず》ですごすことにしたの。』と、おっしゃっていました。」

「クロエ先生《せんせい》、別荘《べっそう》ってどんな感《かん》じ？」

今度《こんど》は星野《ほしの》さんがきいた。

「すばらしい別荘《べっそう》でしたよ。大《おお》きな窓《まど》と暖炉《だんろ》がありました。伊豆《いず》といっても海《うみ》ではなく、奥伊豆《おくいず》でした。山々《やまやま》が一望《いちぼう》できる、静《しず》かで美《うつく》しい邸宅《ていたく》でした。雨《あめ》がふりだすまではね——。」

わたしは言葉《ことば》を切《き》って、みんなを見《み》つめた。

「クロエ先生《せんせい》、もしかして事件《じけん》がおきたの⁉」

山本《やまもと》くんがきいた。

「はい、そうです。ふりだした雨《あめ》は、どんどん激《はげ》しくなり、まるで嵐《あらし》のようで――。

しばらくして続木《つづき》マネージャーから電話《でんわ》が入《はい》ったの。

『大雨《おおあめ》で大木《たいぼく》がたおれて県道《けんどう》を塞《ふさ》いで、通行止《つうこうど》め。別荘《べっそう》へは行《ゆ》けない。』と言《い》うのです。」

「材料《ざいりょう》がとどかなかったら、バースデーケーキを作《つく》ることができないぞ。大事件《だいじけん》じゃん⁉」

「ケーキだけではなかったの。夕食《ゆうしょく》は東京《とうきょう》からシェフが来《き》て作《つく》ることになっていたのですが、その人《ひと》も来《こ》られず……。もちろん中神《なかがみ》さまも到着《とうちゃく》せずです。すべての予定《よてい》がダメになるし、おなかはすくし、真秀《ましゅう》くんは泣《な》きだしてしまったの。」

わたしは、三人《にん》を見《み》つめた。

「誕生日《たんじょうび》なのに、かわいそう。でも、別荘《べっそう》でしょ。なにか食《た》べ物《もの》があるはず。まさか……食《た》べ物《もの》はなにもなかったの？」

星野《ほしの》さんの顔《かお》が険《けわ》しくなった。

「そうなんです。いつも別荘《べっそう》にはシェフを連《つ》れていくので買《か》いおきの食料《しょくりょう》がなかったの。でもね、管理人室《かんりにんしつ》の冷蔵庫《れいぞうこ》に少《すこ》し残《のこ》っていました。中《なか》に入《はい》っていたのは――。」

「中《なか》に入《はい》っていたのは――？」

村木《むらき》さんがわたしの言葉《ことば》をくりかえした。

「食《しょく》パンとラズベリージャム、卵《たまご》、牛乳《ぎゅうにゅう》でした。」

村木《むらき》さんが、わたしの答《こた》えを聞《き》いて、がっかりしてヘナヘナとイスにもたれた。

「セレブ一家《いっか》の豪華《ごうか》別荘《べっそう》で、食《しょく》パンとジャム、卵《たまご》と牛乳《ぎゅうにゅう》だなんて……。」

「超《ちょう》・ふつうじゃん。ってか、まるで朝食《ちょうしょく》だぜ。」

山本《やまもと》くんが言《い》った。

「それで、バースデーはどうなったの？　クロエ先生《せんせい》はその材料《ざいりょう》でなにを作《つく》ったの？」

星野《ほしの》さんが真剣《しんけん》な顔《かお》できいた。

「わたしは『なにもできません。』と言《い》ったの。パンにジャムをぬることは、パティシエの仕事《しごと》ではないもの。

中神夫人《なかがみふじん》も、あきらめていて――。

『明日《あした》、明日《あした》、必《かなら》ず真秀《ましゅう》のお誕生日《たんじょうび》パーティーをするから、ガマンしてね。』

と言《い》ったの。わたしも、

『ほんとうにごめんなさい。明日《あした》になれば、最高《さいこう》の材料《ざいりょう》がとどきます。バースデーケーキ、一日《にち》まってください。』

と、お願《ねが》いしました。

すると、真秀《ましゅう》くんがナミダをうかべ、こう言《い》ったの――。

『ケーキ屋《や》さん、ケーキを作《つく》って。ぼくの七歳《さい》の誕生日《たんじょうび》は、今日《きょう》なんだ。明日《あした》じゃないの。』」


あの日《ひ》のできごとを思《おも》いだすと、いまでも胸《むね》がサワサワする。

「ショックでした。わたしはパティシエなのに、なにも作《つく》ろうとしなかったのです。

目《め》の前《まえ》にお誕生日《たんじょうび》の人《ひと》がいるのに、なにもできないなんて、パティシエとして失格《しっかく》です。

食《しょく》パンと卵《たまご》、ジャム、牛乳《ぎゅうにゅう》を見《み》つめ、わたしはじっと考《かんが》えました。この材料《ざいりょう》でも、お客《きゃく》さまをよろこばせるケーキができるはず……。

『銀座《ぎんざ》プラネット』のパティシエではなく、ただひとりのケーキ屋《や》として、考《かんが》えました。

そして――。

クイーン・オブ・プディングを作《つく》ることにしました。

そのスイーツはね、イギリス南部《なんぶ》を旅《たび》したときに出会《であ》ったの。主《おも》な材料《ざいりょう》は、〝ブレッドクラム〟。わかりやすく説明《せつめい》すると〝パン粉《こ》〟です。

パン粉《こ》はないけど、食《しょく》パンがあります。これを小《ちい》さく切《き》って、ブレッドクラムのかわりにしました。

簡単《かんたん》なケーキ。ケーキというよりデザートです。だけど、ここではそれが精一杯《せいいっぱい》でした。一生《いっしょう》に一度《ど》の七歳《さい》のバースデーのためのクイーン・オブ・プディングを作《つく》りました。

『真秀《ましゅう》くん、七歳《さい》のお誕生日《たんじょうび》おめでとうございます。』

クリームのかわりのフワフワのメレンゲ。いちごのかわりのラズベリージャム、そしてスポンジケーキのかわりのミルクと卵黄《らんおう》にひたした食《しょく》パンでお祝《いわ》いしました。

バースデーを祝《いわ》う、七本《ほん》のろうそくはなかったけれど、クイーン・オブ・プディングを見《み》つめるふたりの笑顔《えがお》……。わすれられません。これが〝あのできごと〟です。

中神《なかがみ》さまの別荘《べっそう》から帰《かえ》り、わたしは長《なが》い時間《じかん》考《かんが》えていました。

お店《みせ》は成功《せいこう》したけれど、『銀座《ぎんざ》プラネット』は、お客《きゃく》さまをほんとうに笑顔《えがお》にしているかしら？　大切《たいせつ》な一日《にち》のために、『銀座《ぎんざ》プラネット』のケーキを買《か》いに来《き》たお客《きゃく》さまに、きちんとケーキをとどけているかしら？

何度《なんど》考《かんが》えても、答《こた》えは『いいえ。』

大切《たいせつ》な記念日《きねんび》のために、世界《せかい》でひとつだけのケーキを作《つく》る人《ひと》になろう。

そう考《かんが》えて、お店《みせ》を閉《と》じることを決意《けつい》したのです。

こうして『銀座《ぎんざ》プラネット』は『終《お》わり』ました。」

# 7　大切《たいせつ》な思《おも》い出《で》のケーキを作《つく》ろう

クロエ先生《せんせい》に、こんな秘密《ひみつ》があったなんて……。

わたしの胸《むね》は、ずっとドキドキしたままだ。

「お菓子《かし》って、ケーキって、なんかスゴイ。」

自分《じぶん》の気持《きも》ちを、うまく説明《せつめい》できない。でも、すごく感動《かんどう》している。

「パティシエって、ほんとうにステキ！　わたし、ぜったいパティシエになる！」

カノンが力強《ちからづよ》く言《い》った。

「オレも！　みんなでがんばろうぜ。」

渚《なぎさ》がガッツポーズをした。

「『銀座《ぎんざ》プラネット』の『終《お》わり』の謎《なぞ》はわかったけど……。」

わたしは、カノンを見《み》た。

わたしと同《おな》じことを考《かんが》えているみたい。眉間《みけん》にしわをよせて、言《い》った。

「クロエ先生《せんせい》が食《しょく》パンで作《つく》ったケーキって、いったいどんなの？」

「オレも知《し》りたい。想像《そうぞう》するだけじゃ、ガマンできない。」

渚《なぎさ》がキリッと言《い》った。

「クロエ先生《せんせい》、クイーン・オブ・プディングを教《おし》えてください。」

わたしたちは、声《こえ》を合《あ》わせてクロエ先生《せんせい》に言《い》った。

「もちろんです。それでは、これを持《も》ってお店《みせ》のキッチンへ行《い》きましょう。」

クロエ先生《せんせい》が食《しょく》パンの袋《ふくろ》を出《だ》して、ニッコリとほほえんだ。


「クイーン・オブ・プディング、この名前《なまえ》でどんなケーキを想像《そうぞう》しますか？」

キッチンに入《はい》ると、クロエ先生《せんせい》がきいた。

「クイーンは、女王《じょおう》さまでしょ。プディングはプリン！」

カノンが楽《たの》しそうに答《こた》えた。

「そう言《い》えばさ、プリンとプディングって、どうちがうの？」

渚《なぎさ》が言《い》った。

「同《おな》じですよ。英語《えいご》のpudding（プディング）という名前《なまえ》が、日本《にほん》に伝《つた》わったとき、プリンときこえたのでしょうね。」

クロエ先生《せんせい》が答《こた》えた。

「プリンっておやつのイメージだけど、プディングってなると、デザートって感《かん》じだね。」

わたしはパパのかぼちゃのプリンを思《おも》いだして言《い》った。

「これは、イギリスのヴィクトリア女王《じょおう》のために作《つく》ったのがはじまりと言《い》われています。だから名前《なまえ》にクイーンとついているのよ。」

クロエ先生《せんせい》が、材料《ざいりょう》をならべながら説明《せつめい》してる。

「百年以上《ねんいじょう》まえの古《ふる》いイギリスのお菓子《かし》を作《つく》るのは、よいお勉強《べんきょう》になりますね。では、はじめましょう。卵《たまご》を卵白《らんぱく》と卵黄《らんおう》にわけ、食《しょく》パンを一センチ角《かく》に切《き》ってください。」

「はいっ！」

わたしたちは、はりきって返事《へんじ》をした。

しかし、ケーキの材料《ざいりょう》が、食《しょく》パンってスゴイよね。どんな味《あじ》になるのかな？

わたしは六枚切《まいぎ》りの食《しょく》パンを、一センチ角《かく》に切《き》りながら思《おも》った。

「卵黄《らんおう》はグラニュー糖《とう》とすり混《ま》ぜてください。そしてなべに牛乳《ぎゅうにゅう》とバターをくわえて、中火《ちゅうび》にかけましょう。」

クロエ先生《せんせい》がテキパキ指示《しじ》している。渚《なぎさ》が素早《すばや》く卵《たまご》を卵黄《らんおう》と卵白《らんぱく》にわけて、卵黄《らんおう》とグラニュー糖《とう》を混《ま》ぜている。カノンが片手《かたて》なべに牛乳《ぎゅうにゅう》とバターを入《い》れ、温《あたた》めはじめた。

「村木《むらき》さん、粗熱《あらねつ》がとれたら卵黄液《らんおうえき》と混《ま》ぜて。星野《ほしの》さん、その中《なか》へ食《しょく》パンをひたしましょう。」

クロエ先生《せんせい》のテキパキとした声《こえ》でお菓子《かし》を作《つく》るのって、ほんとうに楽《たの》しい。あー、しあわせだなぁ☆

「星野《ほしの》さん、ボーッとしてないで！　オーブンを百六十度《ど》に設定《せってい》して。」

クロエ先生《せんせい》に注意《ちゅうい》されちゃった。でも、楽《たの》しい。

カノンが大《おお》きなプディング型《がた》の中《なか》に、食《しょく》パンを卵黄液《らんおうえき》ごとそそぎ入《い》れた。

「焼《や》き時間《じかん》は、約《やく》三十分《ぷん》です。」

クロエ先生《せんせい》がタイマーをセットした。

焼《や》きあがるまでに洗《あら》い物《もの》をすませ、まだ時間《じかん》があるからお茶《ちゃ》の用意《ようい》もした。

「焼《や》きあがり時間《じかん》に合《あ》わせて、メレンゲを作《つく》りましょう。」

クロエ先生《せんせい》が言《い》うと、渚《なぎさ》が卵白《らんぱく》にグラニュー糖《とう》をくわえてホイップしはじめた。渚《なぎさ》はこのごろ手《て》ぎわがいいね。みるみるメレンゲができあがったよ。

食《しょく》パンのプディングが焼《や》けた。

わたしは焼《や》きあがったばかりのところに、ラズベリージャムをぬった。

「最後《さいご》はメレンゲをのせるだけだな。」

渚《なぎさ》が言《い》った。

「ただのせるだけより、まるい口金《くちがね》でメレンゲを飾《かざ》ったほうがステキよ。」

カノンが渚《なぎさ》からメレンゲの入《はい》ったボウルをとりあげて、しぼり袋《ぶくろ》へつめた。

「はい、どうぞ！」

「サンキュー。おっ、同《おな》じ大《おお》きさでしきつめるって、楽《たの》しい……。」

渚《なぎさ》がもくもくとメレンゲをしぼっている。

「美《うつく》しくしぼれましたね。もう一度《いちど》オーブンへ入《い》れてメレンゲにこげ目《め》がついたら、できあがりです。」

オーブンの扉《とびら》を閉《し》めて、クロエ先生《せんせい》が言《い》った。

# 8 『終《お》わり』と『はじまり』について

できあがったクイーン・オブ・プディングを、リビングの机《つくえ》へ運《はこ》んだ。

「みなさん、試食《ししょく》をしましょう。」

クロエ先生《せんせい》が、大《おお》きなスプーンでお皿《さら》にとりわけてくれた。

うわぁ、ホワホワと湯気《ゆげ》があがっている。温《あたた》かいプリンなんて、はじめてだ。

「甘《あま》い香《かお》り……。なんだか不思議《ふしぎ》ね。」

「うん、不思議《ふしぎ》。プリンは冷《ひ》やして食《た》べるもん。」

カノンと渚《なぎさ》が湯気《ゆげ》をクンクンかいで言《い》った。

「さぁ、温《あたた》かいうちに食《た》べよう。いただきます！」

わたしはスプーンをにぎって言《い》った。

「うわぁ、食《しょく》パンがカステラみたいになってる。」

「メレンゲと合《あ》う！」

「温《あたた》かくて、おいしいぞ。ぜいたくなフレンチトーストみたい。」

ホカホカして、しあわせな気分《きぶん》だね。

あっ、いまのわたし、七歳《さい》のころの真秀《ましゅう》くんと同《おな》じものを食《た》べているんだ……。

わたしは、会《あ》ったこともないのに、真秀《ましゅう》くんのことを考《かんが》えた。

「ねぇ、すごくない？　いまわたしたち、百年以上《ねんいじょう》まえのヴィクトリア女王《じょおう》と同《おな》じものを食《た》べているのよ。」

カノンがしみじみ言《い》った。

クロエ先生《せんせい》の『銀座《ぎんざ》プラネット』の『終《お》わり』について知《し》りたいと思《おも》ったら、クイーン・オブ・プディングにつながった。

「そうか、わかったぞ！」

思《おも》わず大声《おおごえ》をだしちゃった。だってね、授業中《じゅぎょうちゅう》にイチョウの葉《は》っぱを見《み》ながら考《かんが》えていたことの答《こた》えが、わかったんだもん。

「『終《お》わる』から『はじまる』のか『はじまる』から『終《お》わる』のか、わからなかったけど、いまわかった。」

カノンと渚《なぎさ》がビックリしている。

「『終《お》わる』ってことは、次《つぎ》の新《あたら》しい『はじまる』につながっているんだよ。」

わたしはクイーン・オブ・プディングを見《み》つめて言《い》った。

「すばる、すごい事《こと》に気《き》づいたのね!?　わたしは『終《お》わる』って、さびしいものだと思《おも》ってたの。だからいつも『途中《とちゅう》』がいいな。って考《かんが》えてたの。」

カノンが言《い》った。

「オレもそうなんだ。遠足《えんそく》、運動会《うんどうかい》、準備《じゅんび》しているときって、ワクワクするじゃん。で『はじまる』と、こころの中《なか》で『終《お》わるとき』を考《かんが》えて、楽《たの》しめなくなっちゃうんだ。だから、村木《むらき》の『途中《とちゅう》がいい』って気持《きも》ち、わかるな。」

渚《なぎさ》がマジメな顔《かお》で言《い》った。

「でも、いまはちがうぜ。『終《お》わる』から『はじまる』んだ。終《お》わらなかったら、新《あたら》しいことがはじまらないもんな。」

「そうね。ずっと同《おな》じなんて、つまらないよね。」

カノンもうなずいた。

「そうそう、わすれていました——。」

さっきまで、だまってきいていたクロエ先生《せんせい》が、急《きゅう》に声《こえ》をかけた。

「みなさんに大切《たいせつ》なお手紙《てがみ》がとどいているのよ。」

そう言《い》って、クロエ先生《せんせい》は茶色《ちゃいろ》い封筒《ふうとう》を三通《つう》さしだした。

「『小学生《しょうがくせい》トップ・オブ・ザ・パティシエ・コンテスト　事務局《じむきょく》』!?」

なんというタイミングだろう。わたしたちは自分《じぶん》あての手紙《てがみ》を、じっと見《み》つめた。

「いよいよコンテストが『はじまる』のですね。」

クロエ先生《せんせい》がにっこりと笑《わら》った。

おしまい☆

# レシピ② 女王《じょおう》さまのプディング

★立派《りっぱ》な名前《なまえ》のこのスイーツ、調《しら》べてみてビックリ！　イギリスのお城《しろ》の料理人《りょうりにん》が、ヴィクトリア女王《じょおう》のために作《つく》ったスイーツなんだって。身《み》近《ぢか》な材料《ざいりょう》で作《つく》れるスイーツがお気《き》に入《い》りだなんて、どんな女王《じょおう》さまだったのかな？　仕上《しあ》げのメレンゲを、王冠《おうかん》に見《み》えるようにデコレーションしてみて。ぜったいカワイイよ☆

**材料《ざいりょう》**

食《しょく》パン……90 ～ 100 グラム・6 枚《まい》切《ぎ》りなら１枚《まい》と半分《はんぶん》
牛乳《ぎゅうにゅう》……400 cc《シーシー》
バター……20 グラム（無塩《むえん》でも有塩《ゆうえん》でも）
☆無農薬《むのうやく》レモンがあれば、皮《かわ》のすり下《お》ろし１個分《こぶん》
卵《たまご》……２個《こ》
グラニュー糖《とう》……55 グラム
ラズベリージャム……大《おお》さじ４（なければイチゴジャムでも）

**★下準備《したじゅんび》**　食《しょく》パンを袋《ふくろ》から出《だ》し、１時間《じかん》くらい乾燥《かんそう》させる。卵《たまご》は卵黄《らんおう》と卵白《らんぱく》に分《わ》ける。耐熱容器《たいねつようき》の内側《うちがわ》に、薄《うす》くバターをぬり（分量外《ぶんりょうがい》）、オーブンを 160 度《ど》に温《あたた》めておく。

## ★作《つく》り方《かた》

①食《しょく》パンを１㎝角《かく》に切《き》る。手《て》でちぎってもよい。

②鍋《なべ》に牛乳《ぎゅうにゅう》とバターを入《い》れ中火《ちゅうび》にかける。バターがとけたらすぐに火《ひ》からおろす。あればレモンの皮《かわ》のすりおろしを加《くわ》える。牛乳《ぎゅうにゅう》は温《あたた》めすぎないように。目安《めやす》はお風呂《ふろ》の温度《おんど》くらい。

③大《おお》きめのボウルに卵黄《らんおう》を入《い》れ、グラニュー糖《とう》15グラムを加《くわ》え、ホイッパーですり合《あ》わせる。

④③の中《なか》へ粗熱《あらねつ》を取《と》った②をそそぎ入《い》れる。

⑤④の中《なか》へ①を加《くわ》えて木《き》ベラなどでサックリと混《ま》ぜ、およそ1分《ぷん》ほどおく。

⑥耐熱容器《たいねつようき》に⑤を流《なが》し入《い》れ、160度《ど》のオーブンで30分焼《ぷんや》く。表面《ひょうめん》がうっすらキツネ色《いろ》が目安《めやす》。焼《や》き色《いろ》がつかなかったら追加《ついか》で5～10分焼《ぷんや》く。

⑦水気《みずけ》をよくふきとった大《おお》きめのボウルに卵白《らんぱく》を入《い》れる。グラニュー糖《とう》40グラムを3回《かい》に分《わ》けて加《くわ》えながら、ホイッパーもしくはハンドミキサーでメレンゲを作《つく》る。

⑧焼《や》き上《あ》がった⑥の上《うえ》にジャムをぬる。

⑨⑧の上《うえ》に⑦で作《つく》ったメレンゲを飾《かざ》る。スプーンですくって乗《の》せても、好《この》みの口金《くちがね》を入《い》れたしぼり袋《ぶくろ》を使《つか》ってもいい。

⑩オーブンを170度《ど》に上《あ》げて10～12分焼《ふんや》く。メレンゲがキツネ色《いろ》に色《いろ》づいたら焼《や》き上《あ》がり。

●「やけどに気《き》をつけて、
おうちの人《ひと》と一緒《いっしょ》に
作《つく》りましょうね。」

# あとがき

こんにちは、つくもようこです。「パティシエ☆すばる」シリーズ九冊《さつ》めは、お話《はなし》が二本入《ほんはい》っています。初《はじ》めての試《こころ》みなので、ちょっと説明《せつめい》をしますね。

一本目《ぽんめ》の『はじまりのいちごのケーキ』は、中日《ちゅうにち》こどもウイークリーと宮日《みやにち》こども新聞《しんぶん》で連載《れんさい》していたお話《はなし》です。本《ほん》にするにあたり、少《すこ》し変《か》えてあります。

二本目《ほんめ》の『女王《じょおう》さまのプディング』は、いつもとちがった感《かん》じに仕上《しあ》がっています。「お菓子《かし》のアトリエ　マダム・クロエ」を開《ひら》く前《まえ》のクロエ先生《せんせい》について書《か》いてみました。

わたしは登場人物《とうじょうじんぶつ》たちの「プロフィール」を決《き》めてから、物語《ものがたり》を作《つく》ります。生年月日《せいねんがっぴ》、趣味《しゅみ》、仕事《しごと》、苦手《にがて》なこと、好《す》きなこと、今《いま》までどんなふうに過《す》ごしてきたか──。細《こま》かいところまで考《かんが》えます。

いつも設定《せってい》したプロフィールを意識《いしき》して、物語《ものがたり》を書《か》いているんですよ。

今回《こんかい》はそうして作《つく》ったクロエ先生《せんせい》の「歴史《れきし》」をお披露目《ひろめ》してみました。

次《つぎ》はお菓子《かし》についてお話《はな》ししますね。わたしは、いろいろな国《くに》のお菓子《かし》の本《ほん》を集《あつ》めていて、いつも美味《おい》しそうなお菓子《かし》を眺《なが》めて、物語《ものがたり》を考《かんが》えています。

今回《こんかい》のお話《はなし》に出《で》てくる『トライフル』と『クイーン・オブ・プディング』は、イギリスの本《ほん》から見《み》つけました。

見《み》た目《め》は地味《じみ》でオシャレではないけれど、名前《なまえ》の由来《ゆらい》がおもしろく、それぞれのお菓子《かし》に歴史《れきし》があって、レシピを読《よ》んでいるだけで楽《たの》しくなりました。

材料《ざいりょう》と作《つく》り方《かた》を見《み》たら、すぐできそうなので、クイーン・オブ・プディングを作《つく》ってみました。とても優《やさ》しい味《あじ》で、美味《おい》しくて、かわいくて、すばるたちに、ぴったり!!　と、このストーリーを考《かんが》えました。紹介《しょうかい》したレシピは、イギリスのレシピを参考《さんこう》にして、わたしが工夫《くふう》したものです。

お菓子《かし》をとおして、いろいろな国《くに》の歴史《れきし》を知《し》り、生活《せいかつ》を想像《そうぞう》することはとても楽《たの》しいです。さぁ、次《つぎ》のスイーツはどんなお菓子《かし》になるかしら？　みなさん、楽《たの》しみに待《ま》っていてくださいね。

つくもようこ

『パティシエ☆すばる』の次《つぎ》のお話《はなし》では
どんなお菓子《かし》が出《で》てくるかな？
また会《あ》おうね！

＊著者紹介

つくもようこ

千葉県生まれ、京都市在住。山羊座のA型。猫とベルギーチョコレートと白いご飯が大好き。尊敬する人、アガサ・クリスティ。趣味はイタリア語の勉強で、将来の夢はイタリアへ留学すること。好きな言葉、「七転び八起き」。著書に「パティシエ☆すばる」シリーズ（講談社青い鳥文庫）。

＊画家紹介

烏羽《からすば》 雨《あめ》

イラストレーター。雑誌や書籍の装画、挿絵などで活躍中。挿絵の仕事に『オズの魔法使い　ドロシーとトトの大冒険』、『サウンド・オブ・ミュージック　トラップ一家の物語』（ともに講談社青い鳥文庫）など多数。

取材協力／ウィーン菓子 マウジー、パティシエ　中川義彦《なかがわよしひこ》、
焼き菓子工房　コレット

「はじまりのいちごケーキ」は、「中日こどもウイークリー」「宮日こども新聞」に
2015年10月～2016年4月の期間、連載されたおはなしを再構成したものです。

講談社　青い鳥文庫　256-15

パティシエ☆すばる
はじまりのいちごケーキ
つくもようこ

2016年6月15日　第1刷発行
2017年11月8日　第3刷発行

（定価はカバーに表示してあります。）

発行者　鈴木　哲
発行所　株式会社講談社
東京都文京区音羽2-12-21　郵便番号112-8001
電話　編集（03）5395-3536
販売（03）5395-3625
業務（03）5395-3615

N.D.C.913　186p　18cm

装　丁　久住和代
印　刷　図書印刷株式会社
製　本　図書印刷株式会社
本文データ制作　講談社デジタル製作



ISBN978-4-06-285561-7

## おもしろい話がいっぱい！

### 黒魔女さんが通る!! シリーズ

黒魔女さんが通る!! (0)〜(20)　石崎洋司
6年1組 黒魔女さんが通る!! (01)〜(03)　石崎洋司
黒魔女の騎士ギューバッド（全3巻）　石崎洋司
魔女学校物語 (1)〜(3)　石崎洋司

おっことチョコの魔界ツアー　令丈ヒロ子　石崎洋司
恋のギュービッド大作戦！　令丈ヒロ子　石崎洋司
魔リンピックでおもてなし　令丈ヒロ子　石崎洋司

### 若おかみは小学生！ シリーズ

若おかみは小学生！ (1)〜(20)　令丈ヒロ子
おっこのTAIWANおかみ修業！　令丈ヒロ子
若おかみは小学生！スペシャル短編集 (1)〜(2)　令丈ヒロ子

### アイドル・ことまり！ シリーズ

温泉アイドルは小学生！ (1)〜(3)　令丈ヒロ子
アイドル・ことまり！ (1)〜(2)　令丈ヒロ子
メニメニハート　令丈ヒロ子

### 妖界《ようかい》ナビ・ルナ シリーズ

妖界ナビ・ルナ (1)〜(3)　池田美代子
新 妖界ナビ・ルナ (1)〜(11)　池田美代子

### 劇部《げきぶ》ですから！ シリーズ

劇部ですから！ (1)〜(2)　池田美代子

### 摩訶不思議《まかふしぎ》ネコ・ムスビ シリーズ

秘密のオルゴール　池田美代子
迷宮のマーメイド　池田美代子
虹の国バビロン　池田美代子
海辺のラビリンス　池田美代子
幻の谷シャングリラ　池田美代子
太陽と月のしずく　池田美代子
氷と霧の国トゥーレ　池田美代子
白夜のプレリュード　池田美代子
黄金の国エルドラド　池田美代子
砂漠のアトランティス　池田美代子
冥府の国ラグナロータ　池田美代子
遥かなるニキラアイナ　池田美代子

海色のANGEL《エンジェル》 (1)〜(5)　池田美代子／作　手塚治虫／原案

13歳は怖い　池田美代子　辻みゆき　伊藤クミコ　にかいどう青

# 講談社　青い鳥文庫

## 龍神王子《ドラゴン・プリンス》！シリーズ

龍神王子《ドラゴン・プリンス》！(1)～(10)　宮下恵茉

## パティシエ☆すばる シリーズ

パティシエになりたい！　つくもようこ
ラズベリーケーキの罠《わな》　つくもようこ
記念日のケーキ屋さん　つくもようこ
誕生日ケーキの秘密　つくもようこ
ウエディングケーキ大作戦！　つくもようこ
キセキのチョコレート　つくもようこ
チーズケーキのめいろ　つくもようこ
夢のスイーツホテル　つくもようこ
はじまりのいちごケーキ　つくもようこ
おねがい！　カンノーリ　つくもようこ
パティシエ・コンテスト！(1)　つくもようこ

## ふしぎ古書店 シリーズ

ふしぎ古書店(1)～(5)　にかいどう青

## 獣《けもの》の奏者《そうじゃ》 シリーズ

獣の奏者 (1)～(8)　上橋菜穂子

物語ること、生きること　上橋菜穂子／著　瀧晴巳／文・構成
パセリ伝説 水の国の少女(1)～(12)　倉橋燿子
パセリ伝説外伝 守り石の予言　倉橋燿子
ポレポレ日記《ダイアリー》(1)～(5)　倉橋燿子
地獄堂霊界通信(1)～(2)　香月日輪
妖怪アパートの幽雅《ゆうが》な日常　香月日輪
化け猫　落語(1)　みうらかれん

予知夢がくる！(1)～(6)　東　多江子
フェアリーキャット(1)～(3)　東　多江子
魔法職人たんぽぽ(1)～(3)　佐藤まどか
ユニコーンの乙女(1)～(3)　牧野　礼
それが神サマ!?(1)～(3)　橘　もも
プリ・ドリ(1)～(2)　たなかりり
放課後ファンタスマ！(1)～(3)　桜木日向
放課後おばけストリート(1)～(2)　桜木日向
学校の怪談 ベストセレクション　常光　徹
宇宙人のしゅくだい　小松左京
空中都市008　小松左京
青い宇宙の冒険　小松左京
ねらわれた学園　眉村　卓

## おもしろい話がいっぱい！

### 泣いちゃいそうだよ シリーズ

- 泣いちゃいそうだよ　小林深雪
- もっと泣いちゃいそうだよ　小林深雪
- いいこじゃないよ　小林深雪
- ひとりじゃないよ　小林深雪
- ほんとは好きだよ　小林深雪
- かわいくなりたい　小林深雪
- ホンキになりたい　小林深雪
- いっしょにいようよ　小林深雪
- もっとかわいくなりたい　小林深雪
- 夢中になりたい　小林深雪
- 信じていいの？　小林深雪
- きらいじゃないよ　小林深雪
- ずっといっしょにいようよ　小林深雪
- やっぱりきらいじゃないよ　小林深雪
- 大好きがやってくる 七星《ななせ》編　小林深雪
- 大好きをつたえたい 北斗《ほくと》編　小林深雪
- 大好きな人がいる 北斗&七星編　小林深雪
- 泣いてないってば！　小林深雪
- 神様しか知らない秘密　小林深雪
- 七つの願いごと　小林深雪
- 転校生は魔法使い　小林深雪
- わたしに魔法が使えたら　小林深雪
- 天使が味方についている　小林深雪
- 女の子ってなんでできてる？　小林深雪
- 男の子ってなんでできてる？　小林深雪
- ちゃんと言わなきゃ　小林深雪
- もしきみが泣いたら　小林深雪
- 魔法の一瞬で好きになる　小林深雪
- 作家になりたい！ (1)～(2)　小林深雪

### トキメキ♥図書館 シリーズ

- トキメキ♥図書館 (1)～(14)　服部千春
- たまたま たまちゃん　服部千春

### 生活向上委員会！ シリーズ

- 生活向上委員会！ (1)～(5)　伊藤クミコ

### エトワール！ シリーズ

- エトワール！ (1)～(2)　梅田みか

### DAYS《デイズ》 シリーズ

- DAYS (1)～(2)　安田剛士／原作　石崎洋司／文

- おしゃれプロジェクト (1)　MIKA POSA
- air《エア》 だれも知らない5日間　名木田恵子
- 初恋×12歳　名木田恵子
- 友恋×12歳　名木田恵子
- ドラキュラの町で、二人は　名木田恵子
- ぼくはすし屋の三代目　佐川芳枝

# 講談社　青い鳥文庫

## 氷の上のプリンセス シリーズ

氷の上のプリンセス(1)〜(9)　風野　潮

## 探偵チームKZ《カッズ》事件ノート シリーズ

消えた自転車は知っている　藤本ひとみ／原作　住滝　良／文
切られたページは知っている　藤本ひとみ／原作　住滝　良／文
キーホルダーは知っている　藤本ひとみ／原作　住滝　良／文
卵ハンバーグは知っている　藤本ひとみ／原作　住滝　良／文
緑の桜は知っている　藤本ひとみ／原作　住滝　良／文
シンデレラ特急は知っている　藤本ひとみ／原作　住滝　良／文
シンデレラの城は知っている　藤本ひとみ／原作　住滝　良／文
クリスマスは知っている　藤本ひとみ／原作　住滝　良／文
裏庭は知っている　藤本ひとみ／原作　住滝　良／文
初恋は知っている　若武編　藤本ひとみ／原作　住滝　良／文
天使が知っている　藤本ひとみ／原作　住滝　良／文
バレンタインは知っている　藤本ひとみ／原作　住滝　良／文
ハート虫は知っている　藤本ひとみ／原作　住滝　良／文
お姫さまドレスは知っている　藤本ひとみ／原作　住滝　良／文
青いダイヤが知っている　藤本ひとみ／原作　住滝　良／文
赤い仮面は知っている　藤本ひとみ／原作　住滝　良／文
黄金の雨は知っている　藤本ひとみ／原作　住滝　良／文
七夕姫は知っている　藤本ひとみ／原作　住滝　良／文
消えた美少女は知っている　藤本ひとみ／原作　住滝　良／文
妖怪パソコンは知っている　藤本ひとみ／原作　住滝　良／文
本格ハロウィンは知っている　藤本ひとみ／原作　住滝　良／文
アイドル王子は知っている　藤本ひとみ／原作　住滝　良／文
学校の都市伝説は知っている　藤本ひとみ／原作　住滝　良／文
危ない誕生日ブルーは知っている　藤本ひとみ／原作　住滝　良／文

## 妖精チームG《ジェニ》事件ノート シリーズ

クリスマスケーキは知っている　藤本ひとみ／原作　住滝　良／文
星形クッキーは知っている　藤本ひとみ／原作　住滝　良／文
5月ドーナツは知っている　藤本ひとみ／原作　住滝　良／文

マリー・アントワネット物語(上)(中)(下)　藤本ひとみ
新島八重物語《にいじまやえ》　幕末《ばくまつ》・維新《いしん》の銃姫《じゅうき》　藤本ひとみ

## 戦国武将物語 シリーズ

織田信長《おだのぶなが》　炎の生涯　小沢章友
豊臣秀吉《とよとみひでよし》　天下の夢　小沢章友
徳川家康《とくがわいえやす》　天下太平　小沢章友
黒田官兵衛《くろだかんべえ》　天下一の軍師　小沢章友
武田信玄《たけだしんげん》と上杉謙信《うえすぎけんしん》　小沢章友
真田幸村《さなだゆきむら》　風雲！　真田丸　小沢章友
大決戦！　関ケ原《せきがはら》　小沢章友
徳川四天王《とくがわしてんのう》　小沢章友
飛べ！　龍馬《りょうま》　坂本龍馬物語　小沢章友

源氏物語《げんじものがたり》　あさきゆめみし(1)〜(5)　大和和紀／原作　時海結以／文
平家物語《へいけものがたり》　夢を追う者　時海結以
竹取物語《たけとりものがたり》　蒼き月のかぐや姫　時海結以
枕草子《まくらのそうし》　清少納言のかがやいた日々　時海結以
南総里見八犬伝《なんそうさとみはっけんでん》(1)〜(3)　曲亭馬琴／原作　時海結以／文
真田十勇士《さなだじゅうゆうし》　時海結以
雨月物語《うげつものがたり》　上田秋成／原作　時海結以／文

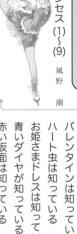

「講談社《こうだんしゃ》 青《あお》い鳥文庫《とりぶんこ》」刊行《かんこう》のことば

太陽《たいよう》と水《みず》と土《つち》のめぐみをうけて、葉《は》をしげらせ、花《はな》をさかせ、実《み》をむすんでいる森《もり》。小《こ》鳥《とり》や、けものや、こん虫《ちゅう》たちが、春《はる》・夏《なつ》・秋《あき》・冬《ふゆ》の生活《せいかつ》のリズムに合《あ》わせてくらしている森《もり》。森《もり》には、かぎりない自然《しぜん》の力《ちから》と、いのちのかがやきがあります。

本《ほん》の世界《せかい》も森《もり》と同《おな》じです。そこには、人間《にんげん》の理想《りそう》や知恵《ちえ》、夢《ゆめ》や楽《たの》しさがいっぱいつまっています。

本《ほん》の森《もり》をおとずれると、チルチルとミチルが「青《あお》い鳥《とり》」を追《お》い求《もと》めた旅《たび》で、さまざまな体験《たいけん》を得《え》たように、みなさんも思《おも》いがけないすばらしい世界《せかい》にめぐりあえて、心《こころ》をゆたかにするにちがいありません。

「講談社《こうだんしゃ》 青《あお》い鳥文庫《とりぶんこ》」は、七十年《ねん》の歴史《れきし》を持《も》つ講談社《こうだんしゃ》が、一人《ひとり》でも多《おお》くの人《ひと》のために、すぐれた作品《さくひん》をよりすぐり、安《やす》い定価《ていか》でおおくりする本《ほん》の森《もり》です。その一さつ一さつが、みなさんにとって、青《あお》い鳥《とり》であることをいのって出版《しゅっぱん》していきます。この森《もり》が美《うつく》しいみどりの葉《は》をしげらせ、あざやかな花《はな》を開《ひら》き、明日《あす》をになうみなさんの心《こころ》のふるさととして、大《おお》きく育《そだ》つよう、応援《おうえん》を願《ねが》っています。

昭和《しょうわ》五十五年《ねん》十一月《がつ》

講談社